FLORET

READING

小花阅读

我们只写有爱的故事

青春阅读　幸得相见

Y A N Y U Z H A I

烟雨斋

FLORET

READING

晚乔 九歌

著

贵州出版集团
贵州人民出版社

晚乔 | 小花阅读签约作者

热衷于美食画画和文字，汉服 JK 日常党，永远在刷游戏追新番和 pr 爱豆。

时刻都是奇怪的想法，习惯于用意念和人交流。

一直做梦活在武侠世界里，开始以为正常，后来发现好像只有自己是这样，难怪和人讲话永远跑偏跟不上。

伙伴昵称：乔妹、仓鼠

出版作品：《妖骨》《顾盼而歌》《云深结海楼》

九歌 | 小花阅读签约作者

慢热，严重拖延症，间歇性抽风症患者。

时而文艺小清新，时而重口味接地气。

放荡不羁爱撸发簪的汉服同袍、资深吃货。

深度中二热血少女，热衷于写打打杀杀大场面，然而总被提醒，你在写言情。

伙伴昵称：九妹、999

出版作品：《彼时花胜雪》《请你守护我》《与君共承风》

小花阅读

——梦里花落系列

FLORET

READING

《云水千重》

靳山 著

标签：风云江湖 VS 朝堂权谋 | 会撩会宠会护妻 | 女丞相 VS 诈死太子

“即便你扮成个男儿，你父亲也不要你。”

“即便你帮他、护他，他也不要你，还是要娶别人。”

“恨吗？”

“你若恨，今后便不要给任何人负你的机会。”

《大梦长歌》
糯米糍　著

标签：权谋朝堂 | 被喂毒的公主 VS 处心积虑的质子 | 相互撩相互利用

好，好得很。

既然无法逃离这囚禁她的盛燕王宫，无法逃离冯执涯的掌控——

那么，她便留在这深宫之中。

她要权势滔天，要万人敬仰。

她要凭自己的力量将冯执涯狠狠踩在脚下，将许故深狠狠踩在脚下！

《烟雨斋》
晚乔 九歌　著

标签：四件古物 VS 四段催人泪下的故事 | 神秘的烟雨斋主人 | 甜虐齐飞

他说："埋。"

不是要埋什么东西，而是他认为，地下埋了那一个人。

可惜，他挖了这么多年，等了这么多年，直到当年风度翩翩的许家二少变成了众人嘲笑的痴傻老头，直到他寂寂死去，也没等回来那个人。

"我找不到她，今日我葬了她的戏服，是她最喜欢的那件，当年她连这衣裳沾上了酒都不开心，更遑论现在沾满泥土。我等她来骂我。"

引　子

断崖边，秋风乍起，远处云雾弥漫，看不清山下的风景。

一纸信笺被石块压在地上，纸背的几个遒劲有力的颜体被微微浸润。

她不知在这里坐了多久，只感觉发梢有水珠凝结，身体已经毫无知觉，比起心里的冷，外界的感知似乎已经被屏蔽。

她蜷缩在断崖伸出的石块上，想起多年前他拥着她在这里满足地宣告：“我会对你好，一生一世对你好！”

誓言好像还在风中盘旋，起誓的人却已另有新欢，回她的只是一纸对不住。

“如果我死了，你会有一丝的伤心吗？”

“扑哧——哎，姑娘，抱歉了！”

本以为断崖上只有自己一人，没想身后竟传来一声轻笑，她惊讶地转回头，不知道什么时候旁边多了一个着古装的青年，面如冠玉，一袭青色宽袖长衫在他身上显得格外清风道骨，风鼓起宽大的衣袖和衣摆。

“你是谁？”

“自来自去之人。”青年自来熟一般撩袍坐下，“姑娘，其实情这东西都是庸人自扰而已，还是先关注点实在的。要不你先看看我这里的一些宝贝，我看你是有缘人，便宜点给你？”

她气急反笑，这生意都做到断崖绝处来了，也真是无处不商啊。

“你可能找错人了，”她垂首自嘲一笑，“一个将死之人，就算守着万世的珍宝又如何？”

她站起来，眼底终究还是不甘地涌出无数心酸眼泪，长叹一声。她头也不回地一步步往前走，脚下碎石滚动，前面就是绝命的悬崖，山风裹挟着微雨，撩起她额前的碎发，一道穿过左眉直入左处太阳穴的疤痕露出，她下意识地抬手去压，却在半途中顿住，任它在秀美的脸上狰狞着。

青年眼尖地看见地上的信笺，忙着开口：“姑娘是否觉得一纸信笺就能作别昔日的情感，是当真过分？那如果我告诉你，纸会说话，你信吗？”

见她终于停下脚步，他赶紧伸手去宽大衣袖里掏，敛着眉掏了许久，终于拖出一个破旧发黄的册子：“你确定不看看这个宝贝吗？”

到底还是心有不甘，她很想听听他在给她写下“对不起”的时候在想着什么。

到底她执念的还是他最后都不肯亲口面对她说出这句话。

山风越来越大，而远处有一轮橘红正努力越过雾霭和云障……

· 第一篇 ·

Y A N Y U Z H A I

会说话的册子

第一章

◆ 桃 叶 渡 口 ◆

"不论如何，辞冬敬先生一杯。"
许柏舟接了，却有些不解："敬什么？"
沈辞冬眨眨眼："便敬缘分吧。"

这是个炎秋，又热又燥，日头高悬，晒得很。

今年天气不好，从立夏到现在，几乎没有凉快过几天。这样的天儿，有家人儿女照看的还好说，但那些无人照料、身子骨又弱的老人，大都没挨得过去。

比如隔壁院子的张婶子，再比如这间屋子的许伯。

"不是说许伯以前是大家少爷吗？"年轻汉子收拾着重物，和身边的人搭话，"身边没有人可以说是战乱年代生了意外，可屋子里空落落的，不应该啊。"他正说着，忽然被激起的灰尘糊了满脸，"呃，咳……怎么回事，这个柜子多久没打开过了？"

灰衣服的男人撸起袖子："旧时候的说法，听听就算了。那个年代，说不准，吃得饱饭、穿得光鲜一些，别人看见了，就觉得是大家少爷呢？”

“不会啊。”年轻汉子嘟囔着，“我听姥姥说，许伯的确是啊。还说他刚来这个村子的时候，那气派、那模样，都是顶尖的！完全看不出后来会变成这样……”

他说着，声音慢慢小了些。

其实他也说不准，也奇怪。从小到大，他没少从姥姥那儿听说年轻时候许伯的事情。在那些描述里，他看见的是一个温文儒雅、遥不可及的贵公子，可现实中，谁都知道许伯是个话都说不全的痴呆，要不是村里养着，别说温饱了，怕是生死都成问题。

毕竟，这个许伯什么都不会，唯一爱做的就是在路边刨土，没日没夜，用手刨出一个个深坑。曾有人好奇问他干什么，而他从头到尾只会重复一个“埋”字，除此之外，再问不出别的。

“得了得了。”灰衣服的男人打断他，“赶紧的，收拾东西。”

年轻汉子撇撇嘴不说话了，埋头收拾了会儿，搬柜子的时候回头：“来搭把手，这个抬不起来。”

灰衣服的男人听见，几步走来从另一头扛起就要出去，不想年轻汉子没稳住，那柜子一晃就要摔下去。见状，两人急忙又把柜子稳住，忽然，那里边掉出来一个本子。

年轻人是念过几年书的，和村子里大多数人都不一样。他翻开那个本子，随意看了两眼。这像是本日记，上头的字工整俊逸，比他老师写得还好。

“随便搁哪儿，先收拾吧。”

年轻人应了一声，随手将本子揣在衣服里。

入夜，回家，年轻人随意和姥姥打了招呼便自个儿去灶房热饭。生着火的时候，他鬼使神差又掏出那个本子来看。

前半本写得密密麻麻，后面却是鬼画符一样的东西。年轻人努力辨别，看了许久，才隐约辨出来是个“沈”字。

“沈……”他皱了皱眉头，往前翻了几页，像是要确定什么，“沈辞冬的沈？”

他就着昏暗的灯光看了许久，完完全全让自己陷入那些文字里。

顺着它们，他细细理出一个故事，故事里，是一个人的一生——

傍晚时分，霞云如焰。东边的天空已经染上了几分蓝紫色，而西边却是橙红一片，烧得热闹极了。十里秦淮在这个地方与溪水合道，不久，天色暗下，流波送月，潮水带星。

这儿是桃叶渡。

而许柏舟第一次见到沈辞冬，就是在这桃叶渡。

当时，许柏舟和一群公子哥儿在一起。他抬头望天，从东边扫到西边，又从西边扫到东边，直到脖子酸了，这才收回视线。

“许少在看什么？”

这时候的天已经完全黑了下来，地面上的灯火比天上星子还亮。

许柏舟随口说：“没什么，只是感觉要变天了。”说完，他哈哈一笑，“你们看，天上没几颗星子，明天怕是要阴了。”

身边的人嬉笑着没当回事：“就算阴了下雨了，咱也有伞有车，该玩还是玩，不用管那么多。”

另一个人瞥一眼渡口搬着重物的工人，像是不屑，歪着嘴角笑一声。

他们这伙人，要么是商户少爷，要么是贵家公子，和那些下等人是不一样的。

许柏舟见状，眼底露出几分不愉，那情绪只一闪就过了，快得很。随后，他跟着那人一起笑出声来，样子快活极了，应和着：“是这个理儿。”

“先去休息吧，许少。”那人拍了拍他的肩膀。

许柏舟颔首，慢悠悠跟在后边走，落后了前边的人一大截儿。

许柏舟是为了交际应酬才来到这儿。既然有想得到的东西，那就要付出代价，生意人嘛，没有比他们更清楚的了。所以，有些事，哪怕不愿意做，那也得做；有些人，哪怕不愿意打交道，那也得上。

这一点，许柏舟心知肚明，也早习惯了。只是，即便能够熟练地对人微笑、掩藏情绪，在心里，却偶尔也还是会有些厌烦。

过了些时间，饭局终了，许柏舟好不容易找了个借口摆脱了那群公子哥儿。长长地呼出一口气，他带着一身烟酒味儿出来，自己都嫌自己难闻。

许柏舟皱着眉，背着手一步步踱着，刚刚走到淮清桥边，就看见了顺水而来的沈辞冬。

彼时，她在画舫，他在桥上。

溪上有薄雾，而画舫灯暖，那暖光不锐，从雾气中透出来，朦朦胧胧，带着些氤氲的湿润感。许柏舟隐约看见画舫上坐着一个人，着一身藕色双襟旗袍，手上捻着一方帕子。

是个美人。

许柏舟这么想着，下一刻便与那美人对视上了。他微顿，淡笑颔首。也许是他站的地方太暗，对方并没有看清他，所以没有回应，转瞬便移开了目光。

不过是个照面，并不是缘分。

而一个人的一生要和许多个陌生人打照面，并不值得稀奇。

许柏舟耸耸肩，目送画舫远去。正巧，这个时候，有人出来寻他。

那人自后边搭上他的肩膀：“许少这是看什么呢？”边问，来人边顺着他的目光看去，可画舫早走远了，眼前什么也没有。

许柏舟笑道：“没什么，发发呆罢了，这不就准备进去了吗？外边儿凉，还是里面好。”

“是啊，里面有酒有肉，还有美人相伴，哪能不好？”来人吐着酒气。

许柏舟笑着摇摇头，跟着走回去。

美人？

怕是最近这阵子，他再难认可别的美人了。

次日，送走了那群公子哥儿，许柏舟自己却没有立刻动身离开。这儿景好，陪了那些人那么久，也来过这么多次，他却一次都没好好看过。

折扇一摇，许柏舟叹了一声：“难啊。”

他其实不喜交际，但没办法，要赚钱，要站稳脚跟，总要想办法融入他们的圈子。打发走了下人，许柏舟手执折扇，摇着摇着，便又摇到了桃叶渡。

一个长时间不自由的人，即便偶尔闲下来了，他也还是不自由的。心被禁锢习惯了，哪怕握着钥匙，也会忘记开锁。

就像许柏舟，明明说要看风景，却什么都没看进去。一路走来，若不是有水落在额上，他甚至都不知道自己是在往哪儿走。

许柏舟抬了抬头，雨滴恰好就落在了他的眼睛里。

他揉了揉，赶紧撑开了伞，心道果真是有备无患。

在四窜躲雨的人里，许柏舟撑着伞慢慢走，显得格外悠闲。他掏出怀表看了一眼，看这时间，该回去了。

大抵被一点儿莫名的期待支使成了下意识的动作，许柏舟在将要走过渡口的时候，轻一抬眼，像是在看什么人。而下一刻，他便僵在了原地。

原本不过是个随意的动作，两个陌生的人，没有半点儿交集，遇见的概率微乎其微。

然而，就是这一刻，他透过细密的雨帘看见了那个渡桥的人。

没想到，再见面会这样快。

雾色烟雨里，她走得很急。

换去了那身素雅，今日的沈辞冬穿了一身水红色，将整个人都衬得有些艳。她微微举起皮包挡雨，露出一截儿细白的手腕，有水汽沾在她的头发上，将原先平整的头发笼得绒绒的，整个人因为没有带伞而有些狼狈。

“啊——”

在下桥的时候，她大概是踩滑了，低呼一声就要摔倒。

沈辞冬下意识似的要闭上眼睛，不想，下一刻便有一只手扶上自己的小臂，将她稳住了。许柏舟见她站定，很快放手：“唐突了。”

随后，他微微笑着将伞递给她，动作神态，都自然得仿佛本该如此一样。

沈辞冬一愣，也不推拒：“谢谢。”

正是这时，有一辆空着的黄包车往这儿跑来。许柏舟往后退几步，与沈辞冬保持了些距离，先是伸手拦车，然后才转向她。

“这雨要下大了，小姐就算打着伞，也难免走不好，还是坐车吧。”

沈辞冬笑笑。

其实她原本也想打车，只是雨天不便，坐车的人多，打不着。没想见，在这儿遇到了。她慢慢走上去，刚刚坐好，就把伞递回去，然而许柏舟推了推。

“车再方便，也怕有地方到不了，得走一截儿，这伞你拿着吧。我住在这附近，几步就到，不必还了。”

不得不说，对于互不相识的陌生人而言，许柏舟的表现真是太殷勤了一些。如果这些动作换个人来做，怕会显得不安好心，定要惹人防备。可他儒雅绅士、举止有度，始终与对方保持着不逾越的距离，双眸清亮，像是有碎星顺着雨水落进去，攒在里边。

这样的人，即便不知不熟，依旧叫人觉得可信可亲。

至少，当时的沈辞冬看着面前的许柏舟，看着手里的伞，只觉得心底微微一动。其余的什么也没有。

她向南边去，风从南边来。

当许柏舟目送着黄包车远去，他的衣服已经被雨打湿了大半，同时，也被风携来的细雨糊了满脸。可他在抹脸的同时并无恼意，反而担心她在车里会不会也被雨气打湿。

奇怪的想法，没法儿解释。

轻叹一声，许柏舟忽然想到一件事情。

偌大的南京城，没有联系方式，不知彼此名姓，又不在一个地方，他们以后应该见不到了。不过也好，至少见过。

至少有过交集，至少，她手上拿着的是他的伞。

许柏舟是个生意人，祖上却是读书的，在这般环境里长大，难免有些书生气。而有书生气的，或多或少，也都会有些文人情怀。

画舫小桥，长街雾雨。

也许，她正巧就中了他的文人情怀。

窗前，许柏舟在本子上细细记着。他喜欢写日记，沉浮商海的人大都复杂，他身边也没人说话，苦闷无奈之下，日记是最好的纾解方法。

在将要写完一篇的时候，蘸水笔忽然没墨了，他又蘸了些，写完最后两个字。然而，这次写完之后，笔头上的墨还很足。

顿了顿，他想，不要浪费。

于是加了一句：虽不实际，但希望再见到她。

写完，墨也正好用完。

许柏舟笑笑，笔墨果真有灵。

原本要么多要么少的墨，加上她，便是恰好了。

合上本子，将它放入抽屉里。许柏舟起身，换了套衣服。暗色格子的马甲、挺括的西裤，外边罩一件略长的风衣，这样一身装扮，将平素习惯打扮精明的他衬得干净俊朗起来。

对着镜子看一眼，许柏舟笑笑。

将自己武装得太久，用各种面貌应对各样的人，这么过着过着，他几乎都要忘记自己原本的模样了。

今日要去台城看戏，那儿和他住的地方不算近，现在出发，或许有些晚了。

坐在车上，许柏舟看了一路报纸，许久才抬起手来，揉一揉额心。梨园不稀罕，可那儿的戏班子，是他听过最好的一个。

那个班子是外地来的，也不知道是准备长久驻在这儿还是演一阵子就走。那个院落位置不错，在玄武湖畔往东，那个地方，车开不进去，要走一段路，路上常有垂柳和烟景。

无情最是台城柳，依旧烟笼十里堤。

这句诗，许柏舟从小听到大，虽然知道写得很美，却一直没什么太大感觉。然而，在第一次从那条路上走过的时候，他仿佛看见那些文字活了。戏不过是戏，无谓无情的，将戏班安排在这一处，不管有心还是无意，都叫人觉得妙，真是衬极了这句诗。

走完这一路，进到梨园里，许柏舟看一眼台上，戏果然已经开始了。毕竟没有提前订，这个时候，包厢早就满了，他只得临时买了个普通座位，挤在人堆里。

也不知道是不是他这么一身衣裳在人群中特别显眼，水袖轻挥间，沈辞冬一眼就看见了他。只是，一眼之后，她很快移开视线。

接着，她在台上轻轻开口，眉眼含情唱一句“赏春香还是旧罗裙”，声音柔婉悠远，极其动人。而他在台下打着拍子，竟也跟着哼唱起来。

直到一折终了，许柏舟才意犹未尽般跟着鼓掌。

都说这个班子里的角儿多，但许柏舟并不特别关注这些，也不知道，这位是不是那些“名角儿”中的一个。他望着那花旦下台，心想，虽然他不懂行，但她应该是了，这样的身段、唱腔和姿态，不是都说不过去。

正这么想着，他忽然看见一个人跌跌撞撞朝着后台的地方走去，步子也不稳，看不见路似的便往那花旦身上撞，将人撞得一个踉跄。

“咋回事啊——”

那人几乎是吼出来的，越过这样远的距离，声音直直传到许柏舟这儿。

这动静闹得太大，有不少人都往那儿看去。

在大堂看戏的大多是解乏的平头百姓，而包厢里的，显而易见，都不是爱管闲事的人。许柏舟看了会儿，顿了顿，起身朝那边走去。

女子画着旦妆，辨不清本身眉眼长相，却能看见那面上的无措。那人的手上拿着一瓶酒，许是烈酒，离得近了，还能闻见浓重的酒精味。

许柏舟这一路走得不慢，也没见那女子说些什么，因此，他也不知那大汉是怎么被激怒的，竟就这样拿着酒往女子身上泼去。他一愣，下意识便跨步挡在女子身前，然而这儿人多挡路，他没有来得及，只能看着女子被酒泼上，酒水濡湿了她身上的戏服。

大汉依旧是神志不清的样子，还没来得及对自己泼着了人表示得意，就看见忽然出现在眼前的许柏舟。

他不满似的指向许柏舟：“你是干啥的？”

“来这个地方，当然是听戏的。”

“听戏就好好听戏，不该你管的事情少管！”大汉态度嚣张，

“怎么，还不走？还想学着人家英雄救美咋的？”

说话间，几个巡逻保安走了过来，但他们只是往这儿看了一眼便不动了。他们不是戏班的人，也不知道那个大汉的来历身份，分不清该不该得罪。这个世道本来就不太平，到处都是乱子，只要没出大事，一般就算不上事。

那几个保安没打算管，许柏舟倒是看见了，朝那儿摆摆手。几个保安嗤笑一声装没看见，却没料到他们身后走出个人，对着他们的头就是一拍。保安们一愣，回头，是他们队长。

队长向着许柏舟走去，微微低着头：“许少，这是发生什么事了？”

听见这个称呼，周围的人皆是愣了一愣。

在这个地方有两大家，许家是其一。

那个家里，除了一个老爷子以外，便是两个少爷，比不得别的大家族人丁兴旺。可大少爷许柏笙年纪轻轻已经是少将了，手上有权，而许老爷子经商多年，家底丰厚，非常有钱。

许家二少爷许柏舟看起来无所事事，实际上却是个人精，现在的许家，大半生意都是他在吃喝间谈下来的。

所以，说是两大家，但许多人也觉得那不过是以前的说法。现在啊，这南京城里，可以说是一家独大了。

而这独大的一家，平素有机会，巴结都来不及，哪有人敢去招惹呢？

大汉身上一凉，被这个称呼惊得酒意都醒了几分似的，还没来得及开口就看见许柏舟往他那儿瞟了一眼。分明只是轻飘飘的一眼，却给人极重的威慑感。

“这么明显的醉酒闹事，保全也不管管。李队这手下的人真是心大啊。”

他话一说完，队长明显尴尬起来，道了几句歉就回头训人。

而后，许柏舟也不再管其余人反应，回身就去寻那女子。

她像是刚刚抬起头来，手上还抓着被酒打湿的那块地方。

“可无碍？”

“不妨事。”女子笑笑，嘴角边两个梨窝，“谢谢先生。”

许柏舟轻一点头，儒雅从容，半点儿没有生意场上的世故。

而周围的围观群众，见着这样一幕，不约而同在心里啧啧几句。都说许家二少爷为人风流，处处留情，最会讨女子喜欢，看来是真的。

心底这么想着，那些人面上却没表露出半分，只是慢悠悠散了开去。都是平头小百姓，哪怕再怎么爱想爱猜，那也是背地里的事。而这种权贵，能不靠近还是不靠近的好。

许柏舟之前只是顺势而为，没有什么别的意思，既然事情解决、戏也听完了，他自然便准备离开。这么想着，他刚想开口，就听见女子先说了句话。

她说："算起来，这是先生第二次为我解围。"

"哦？"

许柏舟望着她，不知此话何解。

而沈辞冬缓缓开口："先生这是忘了？桃叶渡口的那把伞，我还没有还你。"

缘分这种东西实在是很奇妙。

虽说，除了亲人之外，任何两个熟识的人，都是从素不相识开始的，这种事情好像稀松平常，没什么好说。但偶尔，真要想想，许柏舟还是会觉得奇妙。

或许是初见时候，沈辞冬给他的惊艳感太甚，甚至到了现在也依然深刻。而过于浓重的感情，都难免给人一种遥远的感觉。

所以，他并没有想过有朝一日能和她熟识，像这样子，坐在一起谈天喝茶。

"你是说，他们都不知道你这个名字？"许柏舟有些惊讶似的。

沈辞冬低了低眼："也不是不知道，只是可能大家在一块儿，唤习惯了园子里给的名字，对于本名自然也就生了些。"她说，"进了园子，跟了师父之后，沈辞冬这个名字，我其实很少用了。"

许柏舟的心底莫名生出些欢喜。

自那日之后，他便经常去听戏，比以前的频率高太多。

虽然目的不纯，说是听戏，实是看她。可表面上，他就像一般的看客，看完就走，没有一次刻意去寻过她。

只是，最近他连着来了两三次，都不见她登台，许柏舟觉得奇怪，这才找了班子里的人来问了几句。

却没想到，被问的老嬷一头雾水，说班子里好像没有叫沈辞冬的人。

碰巧这时候她从外边走来，见着那老嬷，两人相对，说了些什么，这才弄清楚。就像舞厅的歌女舞女多用艺名，她也是如此，大家印象里的她是园内的花旦沈传茗，不是他念着的沈辞冬。

一个真名，一个艺名，其实不过是称呼而已，可他知道之后，就是觉得开心，仿佛知道了别人所不知道的她的另一面，仿佛又多靠近了她一些。

当时的许柏舟只顾着欢欣，并没有多想，也完全没有感觉到哪里不对。他甚至没有仔细去听沈辞冬与那老嬷说的话。他只是注意着她，由始至终把心思放在她的身上，其余的，都主观性忽略掉了一般。

“既是如此，我记住了，日后再去寻你，不会喊错的。”

临近冬天，温度慢慢低下来。

今日的沈辞冬穿了件小斗篷，带着绒绒的毛领，偶尔有风吹过来，那领边的白毛便微微拂动一下，蹭过她的脸颊，看起来很是柔和。

她说：“好。”

接着移开眼去，沈辞冬望向窗外，外边枝叶枯黄，干瘪的叶挂在枝头打战，不知道什么时候就要落下去。分明是两个迥然不同的场景，许柏舟却仿佛回到了第一次见面的时候。

当时，他朝她颔首，而她也不知道看没看清，视线在他的身上只停了停便移开了。

似乎不管什么时候都是这样，她看什么东西，都只是看着，浅浅看着。事实上，她不论是在看着什么，那东西都无法真正进到她的眼睛里。

许柏舟鬼使神差地开口：“其实，我第一次看见你，不是在桃叶渡的雨里。”

“哦？”沈辞冬像是有些意外，但很快又回过神来，“我也不是。”

许柏舟微顿：“什么？”

“我记得，你经常来听戏的，我看见过你许多回。”她说，“有时候在包厢里，有时候就坐在大堂，每次都不固定。可神态总是一样的。”她笑了笑，又道，“许多人来听戏只是打发时间……不过也是，戏本来也就是用来打发时间的东西，没什么好说。但你每次都像是抽时间特意过来，我也就留意了些。”

“是吗？”

许柏舟没有多说什么，只是，过了片刻，他忽然觉得有些奇怪。

“你们在台上唱戏，也会留意台下吗？”

或者，就算真会留意台下，可要细致到看清楚哪一个人，继而对谁留下印象，许柏舟还是觉得有些不可思议。站在台上的人，脑子要转，动作要演，唱词需有情，还有光对着他们照，这样的话，她应是看不清明的才对。

面对许柏舟的疑惑，沈辞冬不答，反而接着倒茶的动作一语带过：“那先生第一次见我，不是桃叶渡，又是什么时候？”

许柏舟果然便顺着她的话转移了思路。

“仍是桃叶渡，只是时间不同。”他说，“我看见你的时候，没有下雨，那时候，你在画舫里。”

沈辞冬的眉头微不可察地皱了皱，低垂的眼帘掩住几分防备，声音却仍旧带着笑意。

“哦？我倒是没什么印象了，莫非是同小姐妹游湖的时候？”

“倒没注意你身边有什么人。”许柏舟想了想，“或许是吧。”

沈辞冬放松了些，再次抬起眼睛，之前的情绪便连半分都不见了。她倒了两杯茶，一杯推过去，一杯执在手里。

“不论如何，辞冬敬先生一杯。”

许柏舟接了，却有些不解：“敬什么？”

沈辞冬眨眨眼："便敬缘分吧。"

"那真是值得一敬。"他忽然便笑开，细细品了这杯茶。

在他们的印象里，见到彼此第一面的时间是不同的，却都早于第一次说话的时候。或许这真叫缘分，该认识的人，总要认识的。

许柏舟心里想着，并没有注意到沈辞冬眼底的戒备，以及他身后出现一瞬又消失的影子。

第二章

◆执　念　情　深◆

我找不到她，今日我葬了她的戏服，是她最喜欢的那件，当年她连这衣裳沾上了酒都不开心，更遑论现在沾满泥土。我等她来骂我。

暗室内，掩上门，沈辞冬将披肩挂上衣架，回身，灯火旁坐着一个人。

“近日如何？”男人模样坚毅，左脸颊有道疤，从鼻子边上一直延续到下巴。

沈辞冬就像是变了个人似的，顷刻褪去示向外人的温婉模样，干脆利落坐上椅子，为自己倒了杯水，一口饮下。

“尚可。”她说，“他没怀疑。”

男人很慢地点头，指尖一下一下地点着。

“没怀疑便好。”他说话很慢，总给人一种漫不经心的感觉，“不过，那位许家二少不是什么简单人物，你还是仔细些。”

提到许柏舟，沈辞冬皱皱眉，眼底一分轻蔑。

“不简单？在我看来，倒不过是个纨绔少爷，满心的风花雪月，什么都注意不到。”

男人摇摇头：“莫要小瞧了他。若他真如你所说，轻信得很，也没办法和那么多不同的人打交道，混得如鱼得水。”

沈辞冬杯子一落。

“我有分寸。”

男人见状，不再多言。

他知道，沈辞冬从来骄傲，在某些方面，甚至骄傲到了一定地步。虽然她的确有这个骄傲的实力，她所拥有的一切都是自己拼来搏来的，可骄傲太过的人，难免会带上些莽撞，这样是办不好事的。

“他的能力不比许柏笙差。”

听见男人这句话，沈辞冬微微拧了眉头。

在她的眼里，许柏笙和许柏舟完全是两个层次的人。一者是自幼投身军营且立下赫赫战功的英雄，一者是依赖家室、最大本事不过交际应酬的小少爷。对于许柏笙，虽然他们立场相悖，可沈辞冬还是很敬佩的。

她这么想，却没有说话。

对于男人的话，她还是信的，只是许柏舟留给她的印象并不大好，轻易难得扭转。

男人也清楚这一点，于是，提醒了这句之后也就不再多说什么。对于在这乱世里一步步走得艰难的人，或许，看许柏舟这样的少爷，还真是很难看上眼。

他转而问了其他：“戏班的人打理好了吗？”

沈辞冬颔首：“不会再有差漏了。”

按理说，那地方她一开始便是打理好了的。班子里都喊艺名，却怎么也不可能不知道彼此真名，只是她进去不久，那打理杂事的老嬷对她不熟，她最开始也没留意还有这么一个人，这才差点儿在许柏舟面前露馅儿。

说起来，班子里的人没有她这么自由，平日里都是待在那儿的，相处自然也比她更多些。那老嬷年纪大了，记性本也不好，对她生疏也正常。

却还好许柏舟对她未有怀疑。

但也因为他未怀疑，她对他更轻视了些。

“十日之后，许柏笙要去灵谷寺。”男人说，“我所接到的消息是他要去和一个人接头，那人的暗号和身份都不知道，可能让许柏笙亲自前往，那人应该不简单。”

沈辞冬静静听着，没有说话。

“组织的意思，是让你和许柏舟一块儿去。许柏笙为人机警，对于家人却是极少怀疑，在那儿，你要是被他发现，就把许柏舟扯出来。”

借许柏舟打掩护，以此靠近许柏笙，这本就是她接近许柏舟的目的。

是以，她点点头：“我知道了。”

男人不放心似的：“最后再提醒你一次，虽说现在他可能为你着迷，可他到底不是简单的人，小心许柏舟。”

沈辞冬或许不耐，或许看不上许柏舟，可她能走到这个位置，自然不是狂妄自大的人。尤其男人这样一再提醒，她更不可能全然忽略，不放在心里。

微微低了头，她说：“是。”

和沈辞冬相处的时候，大多是许柏舟安排行程，每次相约，也是许柏舟提起的。作为男人，他觉得这很正常，毕竟沈辞冬内敛矜持，他也不能让一个女子主动寻他。

却没想到，这次一曲结束，她还没换下装来，便遣人来台下寻他。

这是许柏舟第一次进到后台。

望着妆镜前边的女子，他浅浅地笑：“怎么了？”

“明日开始，我有两天时间休息。你也知道的，像我们这样，每日每日，要么登台要么练功，说是轮休，却也很少有完全属于自己的时间。”她说着，颊边梨窝一现一现，“我想出去走走，于是，便来问问你，要不要一起。”

许柏舟一滞。

算起来，这是沈辞冬第一次主动邀约。

“好。”

心思还没来得及转动几回，他下意识便做了回应。

也许是他这副样子实在有些呆愣，沈辞冬见状，轻轻笑了开来。当下，她捏着戏台上用作道具的那方帕子还没放下，顺手也便拿着它掩住了唇。

门口挂着用作装饰的灯笼被风吹得斜了一些，而她腕间的水袖也顺着风吹过的方向微微扬起。或许是错觉吧，分明是这样冷的天气，他竟恍惚以为有春意，以为窗外该有花枝繁盛，以为被风携来的，是灼灼暖意，反而，打在脸上的清寒才是假的。

“那明日我来接你。”他像是感觉到了自己的失态，连忙接道，“几点？”

沈辞冬想了想：“八点半吧。”她说完又眨眨眼，“你不问我想去哪儿吗？”

许柏舟这才想起来似的：“你想去哪儿？”

她往外边望一眼。

“天气渐寒，许多植物都不复原先青翠，变得一片枯黄，越是这样的时候，越是想看些有生气的东西。”她回眼，忽然想起什么似的，“一年四季，是不是只有松柏常青？”

许柏舟顺着她的话想了想。

似乎是这样，人嘛，在冷的时候，总会想着暖和，在炎热时候，也希望能见凉快。最近天寒，外边入眼都是枯败，哪怕是他都难免被这景象感染得心思不愉，她会想看一些有生气的景调节心情，也不奇怪。

他忽然想到什么，于是与她商量。

“灵谷寺有万株古松，郁郁葱葱，离这儿也不是太远。你觉得如何？”

那儿实在太有名，要提到松柏，随便哪个人第一反应都会是灵谷寺。

沈辞冬歪了歪头，像是在思考他的提议。

不久，她颔首：“好。”

“那我明日来接你。”

沈辞冬点点头，笑意轻轻：“外边天冷，手容易僵，尤其是晚上，车子更不好开。先生快些回去吧。”

从始至终，她一直叫他先生，不是他听惯了的许少和二少爷，也不是为了亲近便单单唤出的名字。这个称呼其实很普通，在大街上，遇见不认识的男子，要搭话，大多都会叫一句先生。

可由她对他唤出来，许柏舟觉得很喜欢。

不过，或许，不管她叫什么他都会喜欢。

许柏舟往外走去，路过梨园的长廊，面上带着融融笑意。

明日之约，他从今夜便已经开始期待了。

大抵是欢欣太过，没有注意周遭景象，他走着走着，忽然撞到一个人。那是戏班子里一个小丫头，似乎还是学徒，见识不多，胆子自然小些。

此刻，她正瑟瑟望着他，像是担心被骂被责备。

“可无碍？”许柏舟摸摸她的头。

小丫头怔愣着看他，半晌才摇摇头。

他笑道：“小心些。”说完便径自离开，再没有别的动作言语。

可小丫头却因为他那个动作和表情愣在了原地。这个地方很杂，不论人事都很杂，她年纪虽小，虽然对许多东西都不懂应对，却也见过许多丑恶了。

兴许大多数人都认为戏院是下九流的地方，是以，哪怕在外边再怎么道貌岸然，来到这儿，都能完全释放开来。也是因为这样，这儿总被传说有些腌臜。

但这个人和那些人似乎不一样，他对谁都温文亲和，外人说这位少爷是装的，说，在商场沉浮的人，哪有可能干净呢？是啊，他们在背地里，都说他实际上脏得很，也风流得不像话，是让人避之唯恐不及的人。

她以前也是听什么信什么，现在却忽然改观了。

小丫头望着许柏舟的背影。

他能走到现在的位置，也许不可能没有手段，可那也不代表他就不是个好人。她碰了碰自己被摸过的头顶，忽然弯了眼睛。

恰巧这时候许柏舟走到拐角处，略一回头，对上她的视线。小丫头还没回神，就看见他对着她轻轻笑笑。那一笑恍若明月，直直照进了小丫头的心里。

这是她唯一与他有过的交道，却让她记了许久。

能和这样一个人说上一句话，或许，已经算是她的运气。

次日，许柏舟到得很是准时。

虽然他的准时，是在巷口处停了许久，对着怀表掐着点儿走到梨园前边的准时，可这些他是不会说的。

“先生来得真早。”

许柏舟站了不一会儿，沈辞冬便走出来。

与以往不同，今日她穿了方便行动的裤装，将微卷的头发扎成个低马尾。同寻常不一样的打扮，却依然好看。

“刚到而已。”许柏舟笑笑，“车开不进来，得走一段路。”

沈辞冬点点头，跟他沿着河堤柳道走去，这一路不长，两人也没有什么多余的话说，只是这么并肩走着，却也难得不显得尴尬。

直到走到车边，沈辞冬下意识扶了扶车尾，神色这才有些变化。

若真如他所言，才到不久，车应该还没有凉。可触手所及，分明已经冷得透了，这个温度，恐怕车子发动都不方便，还要再等一会儿。

“又麻烦先生了。”

沈辞冬坐的是后座，刚刚坐好，她便笑着同许柏舟道谢。

而许柏舟只是笑着点头，应了一句不必，余的什么也没说。

按道理，在这个时候，他应该要顺势说出几句漂亮话才对。

以许柏舟的口才，她想，他要说几句讨人喜欢的话，要趁机透露自己花的心思和等待而不使人感觉不快，应该是很容易的。生意人嘛，一分付出都要夸成十分，一分价值也该扩大百倍，他既然做了等了，便该要说，这样或多或少可以得她一些好感。

没目的没好处的事情，怎么会愿意做呢？又不是傻子。

沈辞冬理所应当想着，可许柏舟却是真的没有打算说话。

他只是默默发动了车，然后稳稳开走。沈辞冬可以从车内的镜子里看见他带着笑意的眉眼，却始终没有听他说一句话。

她试着问他：“先生今日好像格外沉默一些？”

许柏舟顿了顿：“开车还是专心点儿好。”说完，害怕方才说得生硬，很快又补一句，“辞冬是觉得闷了？”

闷？并不。

事实上，沈辞冬并不喜欢同他说话。如果不是任务需要，她甚至不喜欢和这样的少爷有什么交集。她只是奇怪罢了。

于是也没有再追问下去。

“没有，只是平日里先生好像总有话说，相比较着，就觉得今天有些安静。”

她这句话说完，许柏舟沉默了很久，久到她以为他不会回答了。

这时候，她才听见他轻轻叹了一声。

“我也是会紧张的。”

“紧张？”

许柏舟的手心微微有些汗湿了，但他的动作依然很稳，语调也没有什么异常。

他故作轻松：“你第一次坐我的车，我怕自己开得不好。”

其实并不是怕车开得不好，只是因为后边载了个她，他担心她不适应、不舒服。

话说回来，能为了这么一件小事紧张，对于许柏舟而言，也真算得上是一种新体验了。

可沈辞冬并不知道这些。

或者说，许柏舟的心情，她一点儿也不了解，半分都感受不到。

此时此刻，她唯一关心的，只是昨天临时传来的消息。那是一个小女孩传给她的，据小女孩所说，信封是一个脸上有刀疤的男人给她的，并且女孩儿说的那句暗号也对得上。而那个刀疤脸是她的搭档，这个消息，应该可信。

消息说，许柏笙灵谷寺的行程有蹊跷，比起真要与谁接头，更像是一个诱饵。而他的目的，就是诱出沈辞冬。她将信上的暗语解开，细细想了一个晚上。

上边的意思很含糊，看起来应是不能确定许柏笙这次到底意欲何为，然而，对她的处境，信上却说得清楚。

他们还是叫她去，只是，却撤了原先留在那儿的人。

也就是说，这次的行动，她只有一个人。如果出了什么事情，连个庇护都没有。思考良久，她到底没有退缩。

许柏笙已经许久没有这样出现在外边了，这个机会对于他们而言很是难得。或许这次情况有些凶险，可又怎么样？任何值得的东西，都需要冒险。

打定了主意，沈辞冬于是按照约定，赴了许柏舟的约。

她瞥一眼前边开车的人，微不可察地眯了眯眼睛。

她也不是没有保障的，毕竟，她的身边还有一个许柏舟不是吗?

今日的灵谷寺，和寻常的灵谷寺没什么不同。没有看起来鬼祟的人，也似乎没有特殊的准备。但沈辞冬自踏上石阶的那一刻起，便做好了防备。

不是看不见就不存在，不是没发现就等于没有。相反的，这可能更加危险，因为对方做得这般自然，也便证明了他们在这上边花的心思。

这时候许柏舟从后边追来。

“走了这么久，要不要先去吃些东西？”

沈辞冬望了他一眼，微笑道：“好。”

“我知道不远处有一家斋饭不错，等用过了，休息一阵，我们下午再去看山后深松。”

沈辞冬依然是那副笑颜，点点头，很温婉的样子。许柏舟见状，往前走了几步。

“我带路吧。”

“麻烦先生了。”

沈辞冬下意识这么说一句。

而许柏舟摇摇头，有些无奈似的：“其实不必这样客气。”

当下的沈辞冬，心思完全放在外边，几乎没多在意许柏舟，她与他说话，表面上看起来专注，实际上全是糊弄。却也还好，许柏舟并没有在意。

他就像每个陷入感情里的人，只要那个人在他的身边，哪怕不言不语，心底也满足。

许柏舟说的那个地方不远，他们没走多久就到了。

也许是因为早上沈辞冬说他安静，于是，这一路上，许柏舟一直在和她搭话，可沈辞冬却只是单个字单个字回应他。起初还好，到了后来，许柏舟难免察觉到了她的心不在焉。

她可能是累了。

他这么想着，领她走到地方，坐下，便给她倒了杯茶。

“若是觉得乏，不如休息一会儿再点菜。”

沈辞冬望向他，她的眼神很干净，看向一个人的时候，就像只是在看那个人，哪怕是分出去了一半心思在想别的事，看起来却也是专注的。

“好。”她应一声。

也正是刚刚应完，她的身后传来一阵脚步声。

那人的步子沉稳有力，正在朝她这个方向走来。

沈辞冬垂了眼帘，刚想借翻包的动作用余光去瞟，就听见那个人出声。他站在她身后，唤出来的却是“柏舟”。

许柏舟一顿，显然没有想到会在这个地方遇见他。

“大哥？”

沈辞冬的眸里闪过一分惊愕，只是因为眼帘低垂，并没有人看见她眼底的情绪。

许柏笙？

与许柏舟的温润不同，许柏笙给人的感觉很烈，就像一柄剑，剑刃锋利，吹毛立断，稍稍一动，就会将锋刃上的寒光映入看他之人的眼里，极有震慑感。可是，这种震慑感，是他在看她一眼之后刻意放出来的。

他的气势收放自如，是恰好让她心生紧迫却又不会过于害怕的程度。

“大哥今天怎么会在这儿？”

许柏笙在军营待惯了，做事也干脆爽快。他径自在许柏舟身边坐下，拿起许柏舟倒好的茶便喝。

“来会个友人。”他说完，瞥一眼沈辞冬，“你也是？”

许柏舟点点头：“和朋友来这儿散心。”

许柏笙不着痕迹地打量她：“这么巧？”

而沈辞冬从始至终只是低着头，像个怕生又没见过什么场面的小家女子，只是在许柏笙看她的时候，才稍稍点了点头，算打了招呼。她有情报，他或许也有，若真是机密任务，那便是连家人也不能说。

会这样随口说出来会友人，会轻易透露他的身边还有着别人，要么他已经做好了，要么他根本没打算做。

她和许柏笙一直站在对立的阵营，不同的是，她始终在暗处。可她也没有完全的信心，他真的对她的情况一点儿也不了解。

沈辞冬垂着眼，他们没有让她离开，她便安安静静坐在那儿，看起来很是无害。

“大哥是来吃饭的？”许柏舟似乎没有发现他们之间的不对劲，“要不要一起？”

许柏笙这才把注意力放回他的身上，打趣道：“你这副样子，可一点儿不像是在邀请大哥一起啊。”

许柏舟无奈地笑笑，而许柏笙看似心情不错的样子。

“好了，我还有事情要做，便先走了。说起来也真巧，难得在外边碰见一次。”他站起来，拍拍许柏舟的肩，眼睛却是斜向沈辞冬的，“却不能一起吃饭，啧。我事情完了之后来找你。”

许柏笙说的话，许柏舟着重听了后面那句，沈辞冬却觉得前边的像是试探。

她慢慢抬起头，却正好对上他的眼睛。

那是一双仿佛能够洞悉一切的眼睛，在他的面前，什么都无处遁形。甚至，有那么一瞬间，沈辞冬觉得，自己可能已经暴露了。

她呆了呆，很快对他笑笑，不好意思似的。而许柏笙挑一挑眉，配合她笑。在面上，两个人看起来都还是友好平和的。

沈辞冬仔仔细细将过往的一切都分析了一遍。她觉得自己没有遗漏，她隐藏得那样好。可是，她总觉得许柏笙好像知道了什么。

干他们这行的，都有种近乎于玄学的直觉，没来由，却准得很。

然而，在直觉之外，也还有胆气。否则，她也不会来。

如今，来都来了，见都见了，对方怀也怀疑了。那么，就算她什么都不做，也不能立刻离开，否则倒真像是在逃，那样反而明显。

沈辞冬几乎是在许柏笙离开的瞬间便做了决定。

这次的任务做不了了。

因为，就算想做，怕是也再无东西可做。

他既然会选择这个地方，便一定做了许多准备，沈辞冬觉得，或许在她和许柏舟踏上灵谷寺石阶的时候，许柏笙就知道了。而现在，他既然能这么轻松地随处晃悠，甚至晃悠到他们跟前……

也许最初觉得可以赌一赌，但现在，不管是不是巧合，沈辞冬都忽然觉得，没必要再冒这个险。对方对她已有防备。

“辞冬？”

沈辞冬忽然清醒过来似的，这才发现，自己已经呆愣许久。

许柏舟无意似的，随口道：“我的一些朋友，都不大喜欢我大哥，他们觉得，他看起来怪吓人的。说他身上那种生人勿近的气场让人觉得开不了口、说不了话。”

沈辞冬微顿：“是吗？”

“嗯。”许柏舟煞有介事，“他们甚至背地里和我说，怀疑他会吃小孩。”

沈辞冬猝不及防被逗笑了。

见她终于轻松下来，许柏舟于是递过菜单："休息了这么久，似乎该点菜了。等吃完饭，我们去逛逛吧。"

沈辞冬笑着说好，然而，等她们真的吃完饭，却发生了意外。

当时，许柏舟与沈辞冬刚刚吃完，准备坐着休息一会儿，却不想，没多久，许柏笙又来了。这次，他干脆地带走许柏舟，说是有事和他商量。

也就是在他离开不久，一伙不知来历的人忽然出现在沈辞冬面前。沈辞冬面上不动声色，心底却忽然一紧。

看装扮来说，他们是许柏笙的人。

她没猜错。

许柏笙，果然是知道了。

沈辞冬不知道许柏笙会与许柏舟说些什么，也不知道许柏舟是被带去了哪里。

初时，她自信隐蔽得当，觉得许柏笙应该不知道她的存在。那不是小看也不是自大，而是在此之前，她的确可以说得上算是无遗漏。他不该知道的。

因为这个，她来到这儿。

后来，她又想，就算他真有猜想，可他没有证据，灵谷寺再怎么说也是外边，游人众多，她的身边还有许柏舟，应当不会出事。

却是现在才想起来，很多时候，很多事情，也根本不用证据。哪怕他对她只是猜测，但一位上级的猜测，已经是足够的理由。而这个理由，足够他找人来抓她。

而许柏舟，他和许柏笙是亲兄弟，他会信谁，可想而知。

沈辞冬跟着那些人，慢慢走着，脸上没有半分不情愿。她还是那个样子，微微低着头，清清淡淡。温婉，柔美，也无害，十分配合。

只是，暗下里，她一直在找逃跑的机会。

沈辞冬心想，若真就这么跟着他们离开，会去到哪里、会发生什么，都不在她的预料范围之内。她不能让这种事情发生。

跟着她的人一共有六个，他们没有挑人少的小路走，反而是走了人多的大路。在这样的路上，他们不可能动手，却也封住了她逃跑的机会。

毕竟，沈辞冬无法辨别，在这六个人之外，那些路人之中，还有哪些可能也是许柏笙暗地里安排的人。

或许，她的机会，只能是在车上。

但车厢狭小，身边人多，她真的逃得掉吗？哪怕她真的运气那么好，侥幸逃掉了，可那也就代表她暴露了。

值得吗？

沈辞冬一路都在想，却是一路上，都没想出个什么办法。

“到了。”这时候，那些人停在车前，为她打开车门，极有礼貌地说，“请。”

沈辞冬微微笑笑，弯腰就想进去，却不料这个时候身后传来一个声音——

“等等！”

是匆匆赶来的许柏舟，而在他身后，是黑着脸的许柏笙。

沈辞冬没有想到这么一遭，当时便有点儿呆，甚至，直到被他握住手腕拽离车前的时候，也还是呆的。

他怎么会来?

也不知道是不是一路跑得太急，许柏舟还有些喘，哪怕是站定了，也仍是那副喘不过来气的模样。

“大哥，既然你还有事，那我们就先走了。”说完，许柏舟拉着沈辞冬就这么离开。

而许柏笙从头至尾都只是黑着脸，不搭话，也不晓得许柏舟是同他说了什么，又是怎么跑过来的。

或许许柏舟是救了她，可现在的沈辞冬真是有些想不明白，他为什么要这样做。不管不顾冲过来，带着她就走。

说实话，这样不仅不能解决许柏笙的疑惑，若再严重些，恐怕他还要把自己扯进来。

许柏舟是没有什么自保能力的，他只是一个商户里的少爷，哪懂这些事情？而且，即便许柏笙的实力再强，他的上边也还有管着他的人，哪怕许柏舟是他的弟弟，事情大了，他也未必护得住许柏舟。

这个人做事，既不瞻前也不顾后，真是……很蠢。

“你……”

当沈辞冬坐上许柏舟的车，车子缓缓驶离灵谷寺，走过一段路之后，她终于忍不住开口。可她什么都还没来得及说，便听见许柏舟语带歉意。

“刚刚是不是吓着了？”他说，“我大哥多疑，委屈你了。”

他一副什么都不知道的样子，看起来颇为无辜，在这之后，隐隐还有些愧疚。沈辞冬心底一阵怪异。

站在她自己的立场上，沈辞冬的确是应该感谢他的，可与此同时，她觉得他的这个举动简直可以说是莫名其妙了。

说实话，她没有见过这么蠢的人，不信家里人，信一个外人。

可她并没有表露出来。

沈辞冬只是扶了扶额头，顺着他的话：“没什么，总之我也没什么好调查的，我想，等弄明白了这场误会，自然也就没事了。”

这时候，外边下起了小雪。

往年里，这座城市的雪落得很晚，没想到，今年竟是这样早。

“我大哥没你想得那么简单，有些事情，也不是查清楚就能够解决的。”他像是要教训她，说出来的话却很天真，“不过我信你。”

他说：“大哥今日准备不当才能被我钻了空子，却不知道日后情况会是如何。不过没有关系，我总是站在你这边的。”

这份信任来得叫她都觉得没法儿解释。

沈辞冬不由得一时惊愕。

其实，沈辞冬还是觉得他蠢，觉得他莫名。

她有自己惯性的思维方式，会这样想，实在正常。然而，在此之外，她也不由得有些小感动。很细微的感觉，也很轻，但它却是真实存在的。

在这样的乱世里，哪怕面上再怎么亲密，但谁不是只想着自己？

能得到一个人的真心，实在是很难得的。沈辞冬微微低了眼睛。只是可惜了，许柏舟的眼神不太好，并没有看清，她是不是值得的人。

“你信我？你为什么信我？”

若是以往，她大概不会问出这样的话，这样不符合“沈辞冬”的性子，她应该是柔弱温婉的，说话也轻轻细细，她是没有攻击性的女子，任谁看了都只想怜惜。

可她不知怎的，忽然就把自己扮演的那个角色给忘了似的。

她太震惊，也太奇怪，她很想知道。

她说："或许你大哥说的是真的呢？"

"不会的，你不是那样的人。"

沈辞冬的面色越发怪异起来："可……难道，比起你大哥，你更信我？"

他点点头，很是认真。

感情这两个字，说出来很轻，很多时候，大家都是拿它当借口，而不是理由。因为沉溺感情的人很多，真正陷进去的却很少，而在深陷之前，许多东西，是体会不到的。

有一句诗是这么说的，若教眼底无离恨，不信人间有白头。如果不是亲眼看见、亲身经历极致的痛楚，没有谁会相信有人能够一夜之间，青丝化为白发，毕竟这不合常理。

可感情这种东西，本来就不合常理。

要是合，它就有得解释了。然而，偏偏谁都晓得，这东西是言语解释不清的。哪怕口才再好、思维再清晰，那也解释不清。

许柏舟说他不信大哥，而更信她，这句话当然是假的。

许柏笙是他的家人，哪怕自幼分隔两地，平日里见得也不多，处在截然不同的领域里，连话都说不上两句，但血浓于水，这不是轻易能改变的东西。

他不是不信大哥，相反，在看见许柏笙给他东西的时候，他便已经信了七八分，剩下二三，不过是一时不能接受罢了。是啊，许柏笙展示给他的东西那么有说服力，他想不信都不行。

也许感情上不能接受，理智却已经将整件事情仔细分析清楚。

所以，方才，许柏舟对沈辞冬说的那些，都是假话。

话是假的，心却未必不真。

因为，在知道自己被利用的同时，他也知道了另一件事。

沈辞冬被她的组织抛弃了。

她被抛弃，要说他大哥在这里边一点儿动作也没有做，他是不信的。他的确不懂政权纠纷，可他不是傻子，他会分析。

大哥从来果断，面对确定了的事情，更是干脆利落。他能在一日之内将事情彻底反转，也能在一夜之间让对手全盘崩溃。因为，在这一日一夜之前，他所做的准备，足够渗透全局。他就像一个渔夫，他会用很长的时间撒网，动作很细很慢，然而，收网的那一刻，他会麻利得让人反应不过来。

弃子是无用的，因为无用，所以舍弃，而要舍弃，也有危险。她知道太多事了。

现在的沈辞冬，不能回去原来的地方，也不能落到他大哥手上。

不管哪边，都会是折磨。他担心她受不了。

多可笑啊，知道自己被利用了，许柏舟的第一反应，居然还是担心她。他微微叹了口气，心想，大概真是栽了。

可如果那人是她，那他栽得很甘愿。

对于如今景况，沈辞冬并不清楚。

她只是深吸一口气，靠在了后座的椅背上。

然后瞥一眼许柏舟——

从她的角度，只能看见他的后脑勺，再侧一些，隐约能看见他瘦削的下颌。

太蠢了，这个人太蠢了。不加分析，不加判断，甚至没弄清她到底是什么模样，他处在自以为的清明里，混混沌沌，就这样对一个并不熟识的人投入感情和信任，也不怕被人背后扎刀子，也不怕害死自己。

这样的许柏舟……

真是蠢得她忽然有点儿不忍心继续利用下去。

“辞冬，怎么了？”

许柏舟在开车的间隙从镜子里看她，只一眼，很快又将注意力放回方向盘上。

而她很快调整好了情绪。

“没什么，大概是累了。”她柔柔婉婉，声音轻细，恢复成他最熟悉的沈辞冬，“先生，我先睡一会儿好吗？”

“好。”

许柏舟应了一声，沈辞冬于是闭上眼睛。

其实她那么说不过是随口而已，只是找一个不用再和他说话的借口。

沈辞冬并不是真的想睡。

自从加入了组织之后，她的休息时间便越来越少，身体也慢慢习惯了这样的作息，长时间的绷紧，长时间的工作，长时间费尽心力扮演着另一个人……

最初的时候，的确是很累的。后来慢慢却也习惯了。习惯了累乏，也习惯了紧绷，忘记放松是什么感觉，自己所需的时间也越来越少。

她早就麻木了，麻木到感觉不到累。也警觉习惯了，哪怕在安全的地方也难睡熟。但这一刻，她昏昏沉沉，竟就这么睡了过去。

平心而论，方才的经历对她而言其实不算什么，或许叫人意外，也绝对说不上费尽了心神，绝对不可能让她因此就疲惫成这副模样。

在外边，一个不确定的地方，对着一个并不算熟悉的人，疲惫、放松、熟睡。

这不是个好现象。

后座的人睡歪了头，鬓边的一缕碎发落至眼尾，呼吸均匀而绵长。

许柏舟看了一眼，接着放慢了速度，将车开得更稳了一些。

他在思考。

他不知道接下来该去哪个地方，也不知道该不该将他所知道的，告诉沈辞冬。他不确定许柏笙说的那些话里，真假各占几分，起初没有起疑，可现在想想，他似乎并不能确定许柏笙的话全然属实。

或许不能再这样被动下去了。

许柏舟皱了皱眉，忽然想到一个地方。

也许，他该去见见那个人。

这一趟，他开了很久，外边越发冷了，可一路上，他除了停在路上，反身给沈辞冬盖一件衣服之外，便再没有休息过。

外边的土地覆上薄薄一层白色，晚间有红霞照上薄雪，反出细密的光，有些扎眼睛。地上轮胎滑过留下的印记，许久才被小雪遮去。

一路都是安静的。

当沈辞冬醒来的时候，天色已经完全暗下来了。

望了外边一眼，她忽然皱紧了眉头。她居然睡得这样熟，熟得连他将她带到了这么个陌生的地方都不知道。真是危险，如果许柏舟有什么别的心思，恐怕她都已经死几百次了。

车子停在一座宅子前边，这儿不偏，却也离出发地有些远，沈辞冬不动声色地打量着周边，按说她对地形熟悉，哪怕没有来过，稍加分析也该知道大概方位。然而，此时此刻，她竟没看得出这是哪里。

她只能看见不远处的许柏舟站在宅前，和一个人在说些什么，那人背对着她，她看不分明，可许柏舟的面上是难得的严肃。他时而皱眉，时而叹气，像是遇见了什么烦心事，虽然，这地方，似乎并不适合谈心事。

不久，许柏舟回到车上，而在他脚步刚动的时候，沈辞冬已经恢复成原先熟睡的样子。

她佯装未醒，听着他发动了车子，也听见他终于放心似的长舒口气。

等车子再开不久，许柏舟停了，只是他没有唤醒她。

沈辞冬估摸着时间，过了会儿才假装悠悠转醒。

“我好像睡了很久。”她不好意思似的望着他，“这是到了哪儿？”

许柏舟答她：“这里是落星村附近，今天有些晚了，便先歇在这儿吧。”

沈辞冬轻轻勾了嘴角：“麻烦先生了。”

“不会。”

他说着，停好车，下来为她开门。

落星村在古时候叫落星岗，既然有这么个名字，自然也有些符合它的美丽传说。只可惜，许柏舟并不了解，他之所以会往这儿开，不过是因为他求助的那人为他指的路要经过这儿。

换言之，在事情全部调查清楚之前，他们只有去到那儿才安全。而现在夜深，行路不便，他们只能在这儿住一晚，明日再启程。

许柏舟没有解释，沈辞冬也没有多问。

不管是安排住处的时候，还是安排吃食的时候，沈辞冬都只是乖顺地跟在他的身边，像是真的累着了，只想歇息。看着这样的她，许柏舟也会有些怀疑。

她真的和大哥说的一样吗？真的是那样吗？

然而，这个念头不过一闪就过去了。

照片和录音是不会骗人的，耳听眼见皆有所证。

一时间，耳边又浮现出大哥的那句话——

“她用作掩饰的身份是戏子，你认识她的时候，她也是戏子。可你以为，她真是只在台上演戏吗？我告诉你，这个人，从头到尾都是假的，你所看见和你所知道的一切，没一件可当真！”

许柏舟忽然便觉心有些沉。

“先生在想什么？”

忽然被打断，许柏舟毫无防备望进她的眼底。依然是那样澄澈的眼睛，当她看着你的时候，便好像只看得进你一个人。

也许不合时宜，也许说来奇怪，可许柏舟忽然有些想笑。

他想笑，也就笑了笑。

沈辞冬不解：“怎么了？”

“没什么。”许柏舟想了想，“你看谁的时候，都是这样的吗？”

沈辞冬越发不解：“哪样？”

许柏舟组织着言辞：“很认真，很专注，让人想一直这么被看着。”

沈辞冬一愣，弯着眼睛摇头：“先生说笑了。”

美人就是美人，哪怕是再简单的动作和表情，由她做出来，都让人移不开眼。

许柏舟在心里落了一声叹息。

从前听人说许家二少风流、最易被美色蛊惑，他只觉得委屈。对于女子，他是很易怜惜的，这点不假。可他不论男女，其实对谁都有礼，从不逾越。这一点，那些人怎么就看不见了？

但现在看来，也许那些人说得没错。

他还真是贪图美色，栽下去就出不来。若放在古时候，指不定他就是个昏君，整日沉迷在温柔乡里，干不成什么大事。

许柏舟一下感叹，一下又有些不知所以的开心。

见着沈辞冬在笑，他也跟着笑。

明明被骗了，却有些得意。他想，看吧，就算真是骗局，就算大哥所言非虚。可不论是谁，撞上这样的眼神，哪怕心知是假，估计也难逃掉。

美人关啊，总是很难过的。

尤其，他对这美人，还有情。

将一切安顿好了之后，许柏舟倒在床上，忽然有些疲乏。

近日商铺安稳，没什么需要他亲自处理的，因而闲了一些。他原本想趁着这个机会好好放松一下，如果可以，也希望能够再与她亲近些，却没想到竟是出了这样的事。

许柏舟顿了顿，摸出本子，将自己的心情记在上边。

同时记下的，还有他的烦忧。

按说，他们原先安排的行程，明日便该回去了，现在他不知该如何与她说明，也不懂这种事情要怎么旁敲侧击，那么，他该用什么办法，让她跟着他去那个安全的地方呢？他有些头疼。

如果沈辞冬真的只是在演戏，对他没有感情，那么，恐怕便也没有信任。

有谁会愿意跟着一个不信任的人去一个陌生的地方？

许柏舟觉得头又开始疼了。

他不是不为此难过的，毕竟那是他的心上人，被心上人欺骗，实在很不是滋味。

只是，在这之外，她的安危更重要些。他对她的在乎程度，远远超过了他对自己。既然如此，那么，什么难过一类的情绪，也就不应在现在考虑了。

也不晓得想了多久，许柏舟迷迷糊糊枕着本子就要睡过去。

却也就是这个时候，他听见隔壁传来细微的动静。

那动静很轻，若是放在寻常，他必然不会留意。可现在不比寻常，他的整颗心都放在了沈辞冬那儿，于是他猛地一震，从床上弹起来，踮着脚便往门口走去。

他一面觉得是自己大惊小怪了，一面却又放不下心。

直到他走到沈辞冬门口。

这是一间民宿，月光从西面打来，透过窗子，忠实地将屋内黑影投在门上。

许柏舟心下一紧，伸手就推开门——

“辞冬！”

然而屋内的女子身手矫捷，扛着一个汉子便往门口扔。如果许柏舟没有打开门，那汉子应该会被砸在门上，可惜，现在前门大敞，门口还站着他。

“唔……”

许柏舟被砸得一阵生疼，沈辞冬的脸色也忽然变得精彩。

可她来不及说些什么别的，因为她的身边，被撂倒的有很多，但还有一个人站着。她抬腿向那人踢去，却因为被许柏舟搅得分了心神而被他抓住破绽，钳住了脚踝一扯。

她的分神只是瞬间，可在这种时候，瞬间也能决定生死。

沈辞冬眼神一凛，借力跃起，膝盖狠狠磕上那人的下巴。然而那人不过擦一把脸就继续与她缠斗起来。沈辞冬再怎么也不是铁打的人，她是很厉害，但这么多人，她打下来，已经几近极限了。

就是这个时候，她看见侧面有黑影袭来，沈辞冬条件反射式往后撤去，接着，眼睁睁看着那个没防备的汉子被许柏舟踢中了某个不能言说的地方。

沈辞冬心想，肯定很疼。动作却是干脆利落，她以手做刀，狠狠劈向汉子后颈。

一声呜咽之后，汉子没了动静。接着，沈辞冬干脆地提着许柏舟的衣领就走。

他们算是幸运的，今日事出突然，那边能派出的人并不多。

若是多了，恐怕他们也就走不了了。

沈辞冬彻底抛弃了从前的伪装，她带着许柏舟一路逃窜，先是开车，后来弃车，两个人在雪地里不知道走了多远。他们走的尽是荒郊小路，都是留不下脚印的地方。

这对于许柏舟而言是完全陌生的经历，可沈辞冬却驾轻就熟。

她能轻易弄到食物，能一眼分辨得出，哪些野菜能吃，哪些不能。中间，许柏舟也不是没有表示过自己有人脉，可以保她平安，沈辞冬也考虑过，但那考虑的时间很短，短到他总觉得她是在耍他。

她仍是不愿全信于他的。

只是，这一点，许柏舟已经没有心思想了。

他其实有些受不了，他们这简直是在流浪。

几天了，一顿饱饭都没吃过，但凡听到脚步声都要躲。许柏舟没过过这样的日子，毕竟是大家少爷，吃穿用度，他自己不在乎，也会有人帮他讲究。

这个样子过活，他不习惯也不适应。

然而，看着沈辞冬，许柏舟默默又忍了下来。

这日，沈辞冬丢过几个馒头给他，那馒头冷硬，干裂得甚至开出条缝儿。

但许柏舟没说什么就给吃了。

“那些人要追的是我，和你没有关系，我说，你怎么就不肯回去？”

许柏舟能跟她这么几天，这完全是沈辞冬意料之外的事情，逃亡嘛，隐藏行踪就好了，其实不需要这么苦的，她这么做，只是想把人甩开而已。却没想到，什么方法都用过了，这人就是死跟着她，扯都扯不开。

她靠着一棵树单腿站着，一条腿屈起，踩在石块上，然后就这么弯腰探向他。

“你该知道的，你看错人了，我和你以为的那个沈辞冬不一样。”自那一夜之后，她便放弃了伪装，转而开始用最本真的模样面对他，“喂，你是不是早就知道了？”

艰难地咽下馒头，许柏舟慢慢抬起头：“什么？”

“我不是你认识的那个样子，许柏笙早告诉你了吧？”她冲他扬了扬下巴，“不然，你怎么一点儿也不惊讶？”

这个问题，她已经问过他很多遍了。

或者说，她几乎是隔一会儿就问一遍。

许柏舟并不认为她是真的好奇这个，他觉得，她可能只是在找话说。很奇怪，他竟然能猜到她的心思。

而能够反复提及一个自己不在意的问题，背后的原因，大概只可能是因为她在乎自己问的人。许柏舟这么想着，有些高兴，可高兴过后，他又觉得，自己可能只是想多了。

不过，不论如何，他在她心里应该也不是一点儿位置也没有的。

一定要举例佐证，那么，她没有丢下他便是最好的证明。

的确，他缠她很紧，看她也很紧。可人是活的，沈辞冬不是那种弱到连自己都无法保护的女子，她如果真要甩开他，很简单，把他打晕就好了，可她没有这么做。

她不仅没有这么做，甚至都没有意识到。

这实在是很能说明问题的。

“你到底准不准备回答我？”

许柏舟叹一口气，沙着嗓子，终于答了她：“嗯，大哥说过。”

听到这个回答，沈辞冬有那么一瞬间的不自在。

“那……那你既然知道了，干吗还留在我身边，干吗还说那些话？你应该走的。”

他摇摇头。

她忽然就急了：“摇头什么意思？你明知道我不是，不是……总之，你明明知道的，那天为什么还要过来？为什么还要跟着我？”许柏舟始终平静，沈辞冬一下子更加顺不过气来了，两个人的事情，为什么只有她一个人激动？

在他们中间，分明她才应该是更冷静的那个。

这情况不对，一点儿都不对。

兴许是心里的感情积得太久，她猛地就这么爆发出来。几步上前，她抢过他的馒头。

“干什么不说话？你没听见还是没知觉？你知道的，我骗了你，从头到尾不是真的。许柏舟，你喜欢的根本就不是我！”

许柏舟无奈抬起头，他望着她，依旧是温润模样，眼底还带了点无奈和纵容。

如她所言，现在的她，和他眼里那个她，真是一点儿都不像。

也许最初他是被那样的她所吸引的，可在有了这几天的经历之后，不知道为什么，比起原先那个文文弱弱的沈辞冬，他反而觉得眼前的人更让他移不开眼。

眼前的这个人，鲜明、张扬，带着点点的傲气，分明是一样的脸，却是两种颜色。

哪个都很好，可他更喜欢她现在的模样。或者说，更喜欢她真正的模样。

“大哥说过，我也知道，可我还是喜欢你。”

他站起来，逼视着她。

“我喜欢的就是你，不管是过去还是现在。我分得清。”

我分得清。

不过四个字，却将她击得溃不成军。

他哪里分清了，他从头到尾都这么蠢。

将馒头塞还给他，沈辞冬背过身去。天寒地冻的，她的裤腿又被打湿，实在是冷，冷得她鼻子都酸了。

沈辞冬轻轻吸了口气，稳住自己，咬咬牙，将眼里的水汽逼了回去。

从那一夜被突袭直到现在，她其实并不愿意相信自己被组织抛弃了的事实。然而，就算她再怎么和自己说，那夜是误会，是有心人刻意安排……但这些日子，她打探到的东西也够多了。

她或许有不足，或许有莽撞，可她对组织绝对是忠心的，沈辞冬所做所想所谋划的一切，她可以拍着胸膛说，没有半分是为了自己。但组织却因为许柏笙的几个障眼法就说她背叛，要追杀她……

这么多年，原来那个地方对她的信任就这么点儿，这实在很让人寒心。

她是愿意把命献给组织，毕竟那个地方在她快被饿死的时候给过她一口饭吃，也在后面多年精心培养了她，让她得以生存下去。

不论目的是什么，给了就是给了，她受了那份恩，这是事实。

可是，她愿意以命相报，却并不愿意用这种方式付出自己的生命。

这样太可悲了。

沈辞冬一直憋着的情绪在这一刻爆发出来。

这样真的太可悲了……

话说，她是不是挺失败的？

拼死想要守护的地方，为了外人的挑拨就要杀她，反倒是她一直刻意接近、想要利用的人，在这个时候守在了她的身边。戏曲似的，起起落落，也许旁人看来有些普通，可她身在其中，看这一折接着一折，每个转折都让人意外，都让她承担不住。

尤其是许柏舟。

她说他蠢，说他不懂人心，可真正看不清人心的，原来是她自己。

也许最初的时候，他真的只是被她欺骗沉溺，可即便在他知道了所有事情之后，也依然选择了留在她的身边。并不是因为不知道而被她利用，而是一清二楚却甘心被她利用。

说实话，沈辞冬对他并没有太大改观。这个人还是很蠢。

可她真是幸运啊。

在执行的任务里，遇见这么蠢的一个人。

对于沈辞冬的转变，许柏舟也是有些奇怪的。

分明之前还一直赶他，却是那日，她抢走他的馒头之后，忽然就好了。

她不再像伪装时候那样温婉，却也没有再像那段日子那样激进。她开始同他说话，大多是没有意义的废话，只是，就算是废话，他也觉得喜欢。

直到这一天。

这是他们流落在外的第十七天，他对于时间其实没什么概念，只是每日都会习惯性地在本子上写些东西，这才勉强记住了日子。

这天晚上，沈辞冬抱着膝盖同他坐在树下。

“喂，我现在被原先的地方追杀，我势单力薄的，需要东躲西藏。但你不同，你有你哥，你就算回去了，也会没事的吧？至少他能为你担下来。”

这不是沈辞冬第一次要他走，却是第一次，以这样的方式将事情问出来。

许柏舟借着月光望她。

他知道她不愿提及关于她曾经所处的地方，所以他从来不问，大抵是因为这样，他也没想过她会主动来说。

“干吗这样看我？”

沈辞冬察觉到他的视线，转头问他。

她的表情很是柔和，与从前的伪装不同，这样的她看起来很轻松，是卸下了一切的轻松。他好像又看见了她更多的一面。

“没什么，只是看看。”

她挑挑眉，也不介意。

“我准备走了。”

“走？”他一愣，“去哪儿？”

她望着天，嘴角带笑：“我自有我的去处。虽然之前一直在为他们卖命，可我也是有准备的，我考虑过这么一天，只是没想到它真的会来，还来得那么快。”她说，“其实，我们在一起，挺不安全的。你危险，我也是，我们还都有顾忌，这样不划算。”

许柏舟的脑子一瞬间有些乱。

“你是真的打算走？”

她应得干脆：“嗯。”

“你是，真的有去处？”

“骗你做什么？又没好处，也不需要了。”

如果她说的是真的，那么，他们在一起，的确很不方便。沈辞冬那儿有人找，许柏舟也不是没人管的存在。

这样的情况，分散了当然更好，也只有分开才好。

可他总觉得她在骗他。

像是看出了他的怀疑，沈辞冬歪了歪头，笑吟吟地望他。

“我知道你担心我，也知道你关心我，我都知道。我……都能看出来的。”她说着，顿了顿。

“可这次我真没骗你，我都想好了。组织在全国各地都有人，这不假，可我的身份和长相，知道的人并不算多，这世道不平稳，动荡得厉害，可同时，要藏一个人也方便。我或许没有极致的细心，可在生存这一方面，我很厉害的。”

她有些得意：“我都做好打算了，我的组织，据点在南京，而它分布人数最少、最顾忌不到的是西安。我打算去西安周边的城市，或许是兰州，或许是别的地方。在那儿，我早留了后手，只要到了那个地方，随便往哪个村子里一钻，我有信心不被他们找到。”

他欲言又止。

本想让她信他跟他，却又忽然发现，他好像没有那个立场，也没那个本事。

不管是同他大哥比，还是就和沈辞冬比，他都没有那个本事。

许柏舟不愿意承认，可他和他们的世界差得实在太远。他就算在商场混得开，那也不过是一块地界，他所擅长、所习惯的，在她那儿，通通是零，没一个管用的。

“喂，怎么又不说话了？”她眨眨眼，故意做出一副文弱模样，“先生近日越发安静了。”

他被她这突如其来的一遭逗得笑了笑。

只是，笑过之后又是一阵沉默。

良久，他问：“还回来吗？”

沈辞冬做出夸张的表情：“你想我死吗？”

许柏舟低了低头。

“不过呢，有缘的话，还是能再见的吧？”沈辞冬站起来，伸手，在他的肩膀上点了几下，“你是商人啊，全国各地到处跑的。这样，只要你到时候到了我所在的城市，我就去见你。”她的眼睛一闪一闪，“我的消息可准了，你去了，我会知道的。”

“那你会在哪个城市？”

“这就说不准了，反正，西安周边，你自己逛呗。看缘分了。”

许柏舟还是坐在之前的地方，他抬着头，望着沈辞冬。

沈辞冬记得，他从前说过，说她看人的时候很专注、很认真，就像全世界都不放在心上似的，可他或许不知道，他每每看她的时候，也是如此。不得不说，这种感觉还不错。

笑意更深了些，沈辞冬忽然低了头，闭着眼睛，印上他的唇。

这个动作来得很突然，许柏舟没有准备，沈辞冬也不过是随性而为。

很浅的吻，一触即分，却是他们这辈子最接近的一次。

“我和你讲讲我的事吧。”

吻完，她很快直起身子，像是什么都没有发生过，只是，那微微闪躲的眼神透露了她的不自然。她说着，也不等他搭话，自顾自地便往下讲。

沈辞冬说了自己幼时经历，悲欢喜乐，全都浓缩在只言片语里，她讲得轻巧，许柏舟却听得心酸。她该是经历了多少委屈，才会连那组织别有目的地收揽都当成深恩来报。

沈辞冬也说，自己其实是真的喜欢戏。她说，如果没有意外，她真想就那么唱下去。也许在有些人眼里，戏子下贱，戏曲无聊，可她觉得有趣。她从小被组织教导不该有感情，但身而为人，怎么可能没有感情呢?

她有，却不敢表现，到了后来，只能借助戏曲表达出来。在不属于自己的人生里，投放进去她所不该有的感情，这样的做法，或许让人不理解，可她实在上瘾。

“你听过我的戏的，你觉得好不好？”

许柏舟像是想起什么，眸光更加柔和了几分：“好。”

青溪边上有很多河湾，夹岸垂柳，她说着，就这么为他清唱了一小段。

如同初见时候一般，她在前边唱腔婉转，他坐在她不远处，轻声跟着她哼唱那一小段。别的唱词他记不清了，只是那句“赏春香还是旧罗裙”让他深刻。

这时候的沈辞冬，衣着狼狈，整个人都脏兮兮的，哪怕是那张脸，也算不上干净。可他觉得很美。

是比初见时，更让他心惊的美。

一曲唱罢，她停下，做出个抖水袖的动作，满脸遗憾。

“可惜没带上我的衣裳，这个唱段还是配合着动作要更有味道些。”

“衣裳？”

“嗯，你第一次在梨园见我时的那件。那时候，它被人泼酒弄脏，其实我是很生气的。”她说，“毕竟我最喜欢它了。”她边说，边又长叹一句，“我怎么就没带着它呢？”

“不着急，以后有机会的。”

当时的许柏舟这么回道，而沈辞冬欲言又止，最终没有回应。

人算不如天算，也许沈辞冬比他清楚。

他们没有机会了。

沈辞冬的出发日期定在周三。

这几日，她停在一个地方。那儿是许家商行的分行，而她就藏在一楼的小房间里。为了不引人注意，许柏舟没有再去看过她。

他只和她约好，在她出发那日，远观送行。

她迟早要走的。

许柏舟接受了这个事实，却也在本子上写道：离开不是结束，我们还会再见。

却没有想到，在这句话刚刚写完，句点未落的时候，外边忽然传来一个消息。关于那家分行的消息。

听说，内战突发，战火四溢，那家分行被炮火击中，倒了。不出一天，报纸上便都是这则消息，大家都说这是百姓无辜牺牲最多的一次，毕竟事发突然，那栋楼里，不知道有多少人没逃得出来。

不知道，废墟里，埋着多少未寒尸骨。

分行倾塌——

日记里没有多写这件事情，只有潦草的几句话而已，可关于这件事的所有记载，日记的主人都做成了剪报，一张一张贴得仔细整齐。没有人知道那段时间他是怎么度过的，也许是费尽心力在找，也许是心生绝望在等。

具体如何，没人晓得。

这本子里，清晰的记载，就到此为止了。

自那日起，沈辞冬便再不知去向。她就像是凭空消失了，不管日记的主人怎么想、怎么问、怎么打探、怎么不愿相信她会死在那分行里……

不管怎么样，许柏舟都再没有得到过她的半分消息。

直到许家崩溃，许柏笙战死，许柏舟大受打击、流落异乡。

直到他年老痴呆，什么都不再记得，脑内印象深刻的，只有她被埋在分行那件事。也许他嘴上不愿意承认，但他的内心应该是早清楚了的。

分行里没有一个人逃出来了，沈辞冬或许也不例外。

当年的他被隔离在外，连她的尸首也未见到，这是他的执念。深得刻骨，被他一层一层藏在心底最深的地方。

可就是这样一件连他自己都不能提的事情，却在他失去神智之后，以最简单的方式表现了出来。他开始在各个地方挖坑，有人问他是干什么，他说：“埋。”

不是要埋什么东西，而是他认为，地下埋了那一个人。

他要找她出来。

可惜，他挖了这么多年，等了这么多年，直到当年风度翩翩的许家二少变成了众人嘲笑的痴傻老头，直到他寂寂死去，也没等回那个人。

如果这本日记是许伯的，那么姥姥没有说错，许伯从前真是大家少爷。只可惜所有的一切都已经成为过去，而过去的那些点点滴滴，都被葬在了兵荒马乱里。

年轻人捧着日记看得很入迷，入迷到连姥姥进来都没有发现。

“看啥呢？”

年轻人忽然被打断，大惊之下，一个不小心就把日记掉到烧着的柴火里去。

“哎，本子本子！”

他着急忙慌捡出来，姥姥心疼地扯过他的手：“一个本子，至于把手伸到火里？你咋就这么不让人省心啊！还藏？拿过来！”

年轻人悻悻地摸了摸鼻子，把本子递给姥姥。

而姥姥接过随手便翻开来看。

却没想到，她这一看，整个人忽然便愣在了原地。

这个本子属于许家二少爷。

许柏舟这个人，她知道。而里边的那个沈辞冬，她也知道。

柴火还在那儿跳得欢实，火光映在姥姥的眼睛里，闪闪烁烁。好像，曾经的一个夜里，梨园长廊上挂着的灯笼，也是这个颜色的。

那是多少年前的事情，姥姥已经记不清了。

当时的她还是一个小丫头，低着头走路，一个不察就撞到了人。原以为会被责骂，抬头，却看见那个人在对她笑。他那样温柔，还摸了摸她的头。

——可无碍？

姥姥的眼睛忽然有些湿。

有些人啊，哪怕只说过一次话，都是运气。

“得了，你赶紧热饭，这东西我收着了。”

年轻人小心翼翼地望她：“那姥姥，您赶紧回屋休息……”

姥姥随口应了一声，转身就走。

年轻人在后面偷看她，等到亲眼看见她真进了屋子，这才长舒一口气。

还好还好，还好姥姥今天没啰唆啊。

屋内窗前，姥姥戴起许久不用的眼镜。

从第一页起，她慢慢地翻，每一页都看得仔细。

原来时间已经过去这么久了，久到，她也从小丫头长成了别人的姥姥。

她惦记了这么久的人，从头到尾都在别人的故事里。而她从头到尾，也不过就在他的人生中留下了并不深刻的一面。

以前，人家叫她小丫头，后来，人家叫她大婶，再后来，大家都叫她姥姥。

她就是这么轻的一个角色，在他的故事里没有名字，在自己的故事里也没有。不对，她连自己的故事都没有。

她啊，从来从来，就不是故事里的人。

眼睛湿了又干，干了又湿，姥姥终于忍不住拿起手帕抹了把脸。

这时候，她也翻到了最后一页。

日记本的最后一页，日期很新鲜，是前几天的。

模糊了许久、鬼画符一般的字迹，到了那页，忽然便清晰起来。不过一行字，姥姥却不知为何，有一种穿越了时光的感觉。

这字苍劲有力，落笔极其干脆，甚至比他从前清秀的笔迹还要更好一些。

那上边赫然写着：我找不到她，今日我葬了她的戏服，是她最喜欢的那件，当年她连这衣裳沾上了酒都不开心，更遑论现在沾满泥土。我等她来骂我。

◆引　章◆

她动容地合上书本，脸上的表情依然是了无生气："他很痴很傻对不对？抱憾终身却永生无悔。"

"痴傻？"青年不解，取回书一看，随后卷起懊恼地一敲脑袋，"我拿错本子了！"

"看再多又如何？从古至今有多少画本和故事在传颂至死不渝的爱情，呵呵，对照现实只是多给绝望添一把柴而已。"

"非也非也，姑娘万万不要这么想，情之一物本无根，起灭皆是命数。也许你所遇之人并非良配，又何苦为错误的人而断送此生。生而为人不易，惜命才是积福。"

只一瞬，青年手上的本子就消失了，取而代之的是一块朴实无华的黑色石子，大概因为被抚摸过许多次，石子表面无瑕，奇怪的是光好像到了它那儿就被吸进去了，黑色石子看上去黑沉沉毫无光亮，就像一团黑色的雾被团在青年白皙的掌心。

她的目光不由得被吸引，缓慢而不由自主地伸出手去，青年嘴角含笑将石子轻置她掌心。

看上去圆润小巧的黑石子落在她掌心，她仿若感觉到万钧之力，要用尽全力才能托起它，与此同时，掌心传来温热还有如心脏一般的跳动频率……

· 第二篇 ·

YANYUZHAI

有心跳的黑石

第三章

◆ 石 头 大 人 ◆

他的眼睛既像包罗了万物，又似空无一物，与他对视的时候，颜安只觉自己的魂都要被吸了去。

那块石头长得很普通，普通到丢在街上你看见了，都不会去捡。

于是，他便这般孤零零地独自躺了整整五百年，五百年斗转星移沧海桑田，周遭的景和人皆在不停地变，唯独他一直躺在这里，从未改变。

他不知自己究竟还要在这里躺上多少年，有时他甚至会心灰意冷地去想，或许，他将一直在这鬼地方躺下去。

直至那一夜，那个流萤漫天、月朗星稀的夜。

这一夜的景虽美，却与从前并无太多差别，唯一使他觉得这一夜不平凡的，是那个如流星一般从天际滑落，并且重重摔落在他身边的姑娘。

哦，他忘了，今夜还有个不寻常之处，那便是蛰伏了整整五百年的他，终于感受自己体内有妖气在流窜，这也就意味着，他终于可以化形，离开这个鸟不拉屎的鬼地方。

姑娘尚未坠落之前，他本铆足了劲儿，想在这一夜努力化形，妖力在他体内流淌得可真汹涌啊，仿佛下一刻，他就会炸裂。

他本处于化形的最关键时刻，姑娘那么一砸，他好不容易憋起来的气全给泄了。

他闷闷不乐地继续躺在那里，甚至都想立刻生出手脚来，将那碍事的姑娘暴揍一顿，可他这次的化形失败了，他依旧还是块石头，既没有手也没有脚，甚至都发不出一丁点儿声音。

一想到这些，他又莫名地觉得悲伤，宛如一块全世界最颓废的石头。

那时候，他以为那姑娘这么一摔，要么就死了，要么就半身不遂的，总之，不会有什么好下场。

而那姑娘却十分出乎他意料地拍拍屁股，一个骨碌从地上爬了起来。

他在这里躺了整整五百年，再奇特的事都见过不少，可那姑娘的脑回路却是相当不寻常，寻常人摔了一跤从地上爬起了便爬起了，她却闲着没事做，非要在地上到处乱瞟，捡到宝似的“咦”了一声，将一个平平无奇的他从地上捡起，一边揉着摔疼了的屁股，一边自言自语：“这是块什么石头啊？”

他也是万万没想到，那姑娘怎就这么闲得慌，明明都不知道他是块什么石头，偏生还要将他捡走。

缘分大抵也就是这么莫名其妙。

更更令他没想到的是，那姑娘竟还是一名威风凛凛的剑仙，一剑便能削平一座山的那种。

若没记错，剑仙正是凡人修炼而成，讲究的便是勤奋与坚韧。

可那姑娘也真是懒得出奇，勤奋与坚韧什么的通通都与她沾不上半点关系。

他只能在心中默默叹气，想着，懒点也没什么关系，起码不聒噪，不会整日在他耳边没完没了地吵，妨碍他清修。

除却身边多了个算得上是无任何存在感的懒人，他的生活并无任何不同，不过是换了个地方，继续吸收日月精华，日以继夜地不停修炼着。

今日正是他被那姑娘带走的第十天。

整整十天了，她都一动不动地躺在床上，起初，他还以为不过是她懒，懒得起床，懒得动弹，直至今日，他方才觉着，有什么地方不对劲，譬如，她甚至都没喝过水，甚至都没吃过东西。

他虽是块石头，却也晓得，不论是神仙还是妖怪，都是需要进食的。

所以……她是死了吗？

他心中虽有疑惑，却也懒得过分去关注，于他而言，不论生抑或者是死，都是太过寻常的东西。

又过了十天，他终于再度聚起了气，并且都已成功幻化出了四肢，只差一颗头，只差一颗头，他便能成功幻化成人形。

他铆足了劲儿，全程紧绷着神经，生怕有什么闪失，自己又将被打回原形。

在这最紧张的时刻，那名在他看来已经死到不能再死的姑娘却突然睁开了眼睛，并且一个鲤鱼打挺，直突突地从床上弹了起来。

于是，本能顺利迈过最后一道坎的他，猝不及防间又被吓得缩回了原形。

倒是那剑仙姑娘两眼亮晶晶地盯着他："哎呀，原来石头也能成精！"

此时此刻的他已不知该用何种语言来形容自己的心情。

剑仙姑娘却十分宝贝地将他捧在了手里："小石头，你快说话呀，你真是石头精吗？"

虽然此时的他已经能够开口说话，可他是真不知该如何来回答。

很快，便听那剑仙姑娘又笑嘻嘻地说："既然你能成精，那么，我便勉为其难收你为徒好了，我呢，名唤颜安，你既然是我徒弟，不如为师给你赐名颜小石！”

他这下是真没法忍了，开口便道：“谁是你徒弟！”

剑仙姑娘颜安的眼睛再一次亮了起来：“当然是你呀。”

他着实不想再和这神神道道的姑娘说话，可也不知究竟是不是那姑娘的胡言乱语戳中了他哪根不得了的神经，他竟就这么大剌剌地被她捧在手中化了形。

颜安这下惊得眼珠子都要瞪出来了，他却自顾自地跳出颜安掌心，活动着得来不易的手脚。

颜安仍是一副遭了雷劈的傻样，他已整理好衣冠，头也不回地往茅草屋外走。

这下总算是教颜安回过了神来，她连忙上前一步，拽住他的衣服，死皮赖脸地嘟囔着：“哎，你别走呀，我好不容易才捡来个徒弟，若是连你都走了，就又只剩下我一个人啦！”

他虽背对着她，却能从她那轻轻颤着的尾音中听出一丝凄楚来。

他那颗波澜不惊的石头心，无端泛起了阵阵细小的涟漪，一点一点蔓延，随风推入心房里。

他不知此时自己正在走神发着呆，待他意识到自己如今处于何种状态时，颜安已走至他身前，并且，正紧紧牵着他的手，笑得见牙不见眼：“方才我可与你拉钩盖章了，你也没了反悔的机会，总之，从此以后，你可就是我的徒弟，将来不论发生了何事，为师都会罩着你的！”

他着实觉得无奈，不明白自己怎么就被这么个女流氓给强行收做了徒弟。

从前，他只知女流氓很懒，却怎么都没想到，她竟懒到了何等天怒人怨的地步。

懒得洗衣做饭也罢了，令人绝望的是，他都将饭菜端在了她眼前，她甚至都懒得起床吃一口，依旧像条咸鱼似的瘫在床上，非得逼着他撸起袖子，端着碗一口一口地给她喂。

女流氓倒也有不懒的时候，她不懒的时候，最爱干的事便是调戏他。

时而不晓得打哪儿摸来一把折扇，像戏折子里那些纨绔似的挑着他下巴，笑嘻嘻说上一句：“唔，我家徒儿就是好看。”

时而像根小尾巴似的在他身边乱晃，边晃边叽叽喳喳地笑着问着：“颜小石，你怎么都不说话的呀，不说话也行，那你给为师笑一个吧，笑一个为师就原谅你像块石头似的，总闷着不说话。”

对此，他只觉无奈，可他性子温和，又说不出什么重话来，从来都是一脸无奈地任凭她调戏着。

然而那女流氓又岂是这么容易被打发的。

他既不说话，也不理她，那么，女流氓便要发大招了，像只母蚊子似的，一直缠在他身后，不停地重复着同一句话："颜小石你怎么不说话呀？颜小石你怎么不说话呀？颜小石你怎么……"

他也耐得住磨，任凭女流氓如何在他身后唠叨，他眉头都不带皱一下。

倒是女流氓率先败下阵来，一脸颓败地问着："你怎么就不搭理为师呢？是嫌弃颜小石这名字不够威武霸气还是嫌弃为师呀？可为师捡你的时候，你就是这样小小的、凉凉的。"

他依旧静默不语，女流氓托着下巴想了想，才又道："那给你改个霸气些的名字吧，叫颜大石如何？"

着实憋不住了的他只得叹气道："其实，我是有名字的。"

"啊？原来你有名字呀！"女流氓登时就变了脸色，叉着腰倒打一耙，"那你怎么不早说呀。"稍作停顿，又道，"快告诉为师，你叫什么？"

"温泽。"

"温泽？"女流氓细细品读着这个名字，在口中嚼了又嚼，复又摇头，一本正经地道，"这个名字也还蛮普通的嘛，不过你既有了自己的名字，那为师我也就不强迫你改名了吧，就只给你取个乳名，叫小石头好了。"

……

温泽自是不想承认这种乳名的，可自那以后，女流氓像是喊上了瘾似的，天天笑嘻嘻地喊着：“小石头，小石头……”

只是，温泽一次都没应过。

有时候温泽也会想，这样的日子似乎也还不错，总比从前一个人孤零零躺在地上看着斗转星移万事变迁来得好。

那个叫颜安的姑娘也真是神奇，时而聒噪，时而安静，时而又很忧郁，一个人静静地躺在草地上，或是倚靠在树上望着天空发呆。

他若是恰好打她身边经过，她立即就会笑弯眼，不依不饶地问他一些奇奇怪怪的问题。

或是问他：“天为什么是蓝的，云为什么是白的？”

或是又问他：“你觉得当神仙好呢，还是当妖怪好？”

他道：“各有各的好。”

这时候，她便又会弯着眼睛笑：“我也这般觉着，都好，只要自由自在有人陪，哪怕是当块石头都挺好。”

说这话的时候，她声音很轻很轻，连带她的眼神都透露出一种异样的温柔。

她从来都是嬉皮笑脸，一副懒洋洋的模样，相识这么久，温泽还是头一次看到她露出这样的神情。

他不禁愣了愣，一阵银铃般清脆的笑便这般不期然落入了他的耳朵里，然后，他听到了她带着软软笑意的声音：“小石头，你发什么愣呀，手中的果子打哪儿找来的？可是孝敬为师的？”

他尚未来得及回复，手中的果子便被咬了一口，“咔嚓”一声脆响，魔咒一般绕在了他心头。

她含混不清的声音又一次响起：“我们走吧，小石头。”

直至这时，他方才回过神来，找回了自己的声音：“去哪里？”

她依旧笑意盈盈：“不知道呢，可若是到了该去的地方，我大概就会知道了吧。”

那个叫颜安的女流氓总带着他四处游历，可不论哪一次都像是在漫无目的地游走。

时光如指尖的沙，于不经意间飞快流逝，不知不觉间，他竟已跟着颜安在外边晃悠了整整二十年。

这二十年来，他们一同去过的地方数也数不清，好似天上的繁星。

那时候，他以为他会陪着她一直走下去，直至那一日。

他们到了个名唤岐山的地方。

岐山，他也是晓得的，曾是关押穷凶极恶之邪神的牢笼，而今已成了一座空牢，无数魑魅魍魉在此滋生，日夜不停歇地舔食着那些邪神所遗留下的戾气与神泽。

他不知颜安为何会突然来到这里，他也不曾对颜安提过，他是只没有过去的妖，他记得一切，唯独不记得自己从前的经历和身份，只有温泽这个名字挥之不去地在他心间绕啊绕。

岐山并非真只是一座牢笼，实际上它还是人间一处繁华地。

温泽与颜安抵达岐山时，已入了夜。

夜里的岐山才是真真儿繁华，万家灯火与街上琳琅满目的彩灯相交呼应，汇聚成一片灯的海洋，远远望去，犹如银河之光。

颜安心情甚好，她左手一包白糖糕，右手举着刚出炉的热乎烤馕，一步一窜挤入人群里。

他们的日子从来都这般，她笑她闹，他便静静杵在一旁看，她懒她耍无赖，他便只能认命地背起她买下的所有东西，乃至她自己。

他从来都不承认自己是她徒弟，小石头这个滑稽又可笑的名字，他自也是从来都不会去应的。

岐山的夜市散了，不知疲倦的颜安也终于玩累了，摸着吃得圆滚滚的肚皮，毫不客气地趴在了他背上。

他无可奈何地摇了摇头，只得认命地背着她走。

其实他很想掐着她肉肉的脸颊说："你瞧你，胡乱收徒弟，又哪有半点师父的样？"

可他却是忘了，她懒得出奇，一趴在他背上便睡着了。

夜色越来越深，就像一团浓得化不开的墨，他背着她，一步一步，慢悠悠在寂静的街上踱步走，这个时辰的街道上荒无人烟，静到连枝头花落的声音都清晰可闻，然后，他听到趴在自个背上熟睡的她在睡梦中咂吧咂吧嘴，轻声嘟囔了句什么。

他支起耳朵仔仔细细分辨一番，方才听清，她在说：“哎呀……我要睡觉，别再喊我练剑了……”

听闻此话的他不禁愣了愣，才欲侧过身去看她一眼，便有一串晶莹的泪自她白净的脸庞缓缓滑落，就像微风细雨中摇曳的梨花，夜间划过栀子花的露，说不出的惹人怜。

他盯着她的脸，不由得怔了许久。

翌日清晨，他是在客栈里的雕花大床上醒来的。

甫一睁开眼，便有张硕大的宣纸映入他眼帘。

宣纸，是颜安施法飘在他眼前的，故而他一醒来，便瞧见上边龙飞凤舞一大串字：“为师有事出趟远门，徒儿你乖乖在客栈里等着，若实在等不到为师回来，那你就当为师死了，再随随便便收个徒弟，自己玩自己的去吧。”

此时的温泽尚不知究竟发生了何事，颜安这种姑娘着实太令人捉摸不透了，过去的二十年里，她也闹过不少恶作剧，可这次，不知怎的，他没来由地感到一阵心慌，像是预知到了，有什么不好的事将要发生。

半个时辰后。

距客栈近千里开外的岐山山顶上。

凡人用肉眼所看不到的结界中一阵剧烈震荡，镇守此处的上古凶兽梼杌发出一声响彻云霄的咆哮，而那手握长剑的颜安则被梼杌一爪拍在山石上，山石瞬间崩塌，鲜血顿时从伤口中喷涌而出……

温泽抵达结界中时，颜安正奄奄一息地躺在地上，鲜血染红了她的衣，宛如一朵朵绽开在雪地上的红莲，道不尽的妖冶诡谲。

此时此刻，梼杌距离颜安仅有不到五米的距离，温泽若是再晚来一步，怕是都要寻不到颜安的尸骨。

原本还在步步逼近的梼杌，看到温泽的一瞬间不禁放缓了步伐，歪着脑袋打量着这个突然降临的不速之客，它尚未判断出这不速之客究竟是不是好捏的软柿子，温泽体内妖力便已运转至掌心，不过须臾，那上古凶兽梼杌就已化作一捧劫灰，被迎面呼啸而来的罡风尽数吹散。

上古有四大凶兽——饕餮、梼杌、混沌、穷奇，不论哪一只都有着超出寻常人想象的可怕力量，别看颜安平日里一副吊儿郎当的模样，实际上放眼整个仙界她都是排得上号的角儿，连她上阵都这般轻易被梼杌伤成这副德行，由此可见那上古凶兽究竟有多凶悍。

幸好颜安此时陷入了昏迷，否则，也不知她看到这一幕时究竟会作何感想。

毕竟，一掌就将上古凶兽梼杌劈成劫灰什么的，未免也太夸张了些。

颜安这次是真的伤得很重，她依旧陷入昏迷中，全然不知自己已然被温泽带回了客栈里。

她这次昏迷了整整十日，每一日温泽都能听到她在梦里不停地喊着两个字，师父。

温泽倒是觉着稀奇，怎么都想不出颜安的师父究竟会是何等模样。

别看颜安如今成了这么一副德性，她的师父来头可不小，曾是仙界四大仙君之首，而她之所以会成为那仙君的徒弟，也真真儿是个玄之又玄的故事。

又有谁能想到，这整日软绵绵像瘫烂泥似的颜安曾是人间的公主，还是身份顶顶尊贵的那位大梁的长公主。

那时的颜安可不是如今这副德行，端的是雍容华贵仪态万千，全然不负端华长公主之盛名。

十七岁那年是颜安生命中的第一个分界点，外忧内患的大梁一夜间覆灭，本为金枝玉叶的她顿时沦为阶下囚，这也就算了，更令人迷醉的是，亲手将她推至这般田地的竟是与她青梅竹马一同长大的未婚夫婿。

犹记当时，她那杀千刀的未婚夫婿还在猫哭耗子假慈悲，一口一个“阿颜，我舍不得杀你”。

如此一来，她倒是成了皇室中唯一一个幸存者。

奈何彼时的她性子太过刚烈，思想也远远不及如今活络，一心只想着要殉国。

于是，她便挑了个夜黑风高的夜，独自一人骑着马跑了，至于是该往哪儿跑，她心里其实也不清楚。

她只知她大梁子民傲骨铮铮宁折不屈，国破的那一夜，近十万将士与大梁子民高唱行军战歌，一同坠崖殉国。

从前的她不明白，生而为一国的公主，身上究竟肩负着怎样的责任，那一夜策马狂奔的她仍是不明白，甚至，她都不知道自己究竟还能做些什么，却有一个声音在她耳中不停地叫嚣，她要去找寻她的将士她的子民，不能这般没骨气地苟活于世。

她已闹不清自己在那一夜究竟跑了多远的路，她只记得，还未跑完一半的路，她那深情的未婚夫婿便连夜跟着追了过来，再然后她便被自己那深情的未婚夫婿一路逼至悬崖边上。

跳崖本就是不愿独留于世的她最终的宿命，可她心中仍有不甘和怨怼。

她明明都要转身跳下去了，是她那深情的未婚夫婿一声又一声的呼唤，拖回了她的思绪。

于是，她便在临跳之时改变了主意。

她一如儿时那般怯怯望着自个的未婚夫婿，软软道了句：“我好害怕，手和脚都要软了，你过来拉我一把好吗？”

就这么短短一瞬间，她脑子里已转过无数个点子。

她想，他若是不上钩主动走过来，她便扑上去，拉着他一同坠落悬崖。

他若是上钩了，她便要换另一种方式，亲手杀了他！

她也是万万没想到，她那机关算尽、不择手段的未婚夫婿竟毫不迟疑地走了过来。

事已至此，她已分不清他究竟是真心还是假意。

她有着一瞬间的迟疑，再回过神，自己已被他揽入怀中。

这样的感觉既熟悉又令她感到陌生。

明明就是同一个人呀，为何她会觉得这般陌生？

这种异样的感觉究竟从何而来？是覆在他身上的那层冰冷的铠甲？还是他手中沾染的鲜血？

她不知道，亦不想再去纠结，他们之间终需迎来终结。

然后，她弯唇笑了笑，毫不犹豫地拔出一支点缀在发间的珠钗，直直插入他胸腔。

殷红的血霎时喷涌而出，模糊了她的视线，她则如一只翩跹欲飞的蝶，缓缓张开双臂，跳了下去。

她闭上了眼睛，她听到风声伴随着他破碎的嘶吼声一同灌入自己耳朵里。

她知道自己的身体在不停地往下落，用不了几瞬，便能化作春泥滋养这块土地。

从前的她明明最是惧高，可她的胸腔却被一股不知名的物体填充得满满当当，那一刹她仿佛什么都不怕。

那一夜，颜安本该坠落悬崖摔成一团烂泥，又岂料到，命运竟会这般安排。

任凭她如何去想，怕是都想不到深渊之下竟有个神仙在洗澡。

如此一来，那神仙倒也是苦逼，澡才洗到一半，头顶之上便有个不明物体在飞速降落，一心只想着要洗澡的神仙才懒得管这么多，只当是天降暗器，头也不抬就将从天而落的颜安劈成了两半，直至颜安“咯嘣”落地的那一瞬，他方才一脸蒙逼地发觉，自己似乎劈到了个不该劈的玩意儿。

可他直到现在才发觉，未免有些太晚，颜安早就死得不能再死，纵然那神仙是实打实的真仙也没法将肉泥变回一个活蹦乱跳的颜安。

话说回来，倒也是颜安命不该绝，即便山底下没有神仙在洗澡，她这么一跳也是必死无疑，偏生就让她给撞上了个有责任有担当，且满心愧疚的好神仙。

于是，一心只想着寻死的颜安就这么心不甘情不愿地被那神仙给救活了。

甚至，那神仙还以花为肌玉为骨替她重新塑了副肉身。

凭心来说，颜安本就生了副不俗的好模样，而今再被那神仙这么一顿折腾，简直美得都要晃花人眼。

寻常姑娘瞧见自己美成了这样，哪还舍得去寻死。

可颜安哪，又岂是那种寻常的姑娘，该寻死时仍需寻死。

彼时的她可谓是事事都顾不上，一心只想着寻死，没事就投个河悬个梁什么的。

那神仙好不容易才将她救活，又岂能看着她在自己眼皮子底下死去？

只得日日守在她身侧，生怕一不留神，她就真给挂了。

起先颜安倒是真闹得欢，一天起码得弄出十种死法，一连折腾了近半个月，发觉自己怎么都死不了，索性也就不再折腾了，于是，她又换了种方式继续闹。

日日露出副生无可恋的表情，一动不动地瘫在那里。

即便她不再寻死了，那神仙也受不了她整日像条咸鱼似的瘫着呀，要死不活的，简直比死了还让人看着难受。

那神仙只得换着法子每日去激励她一二三四五六番，乃至后来，为了给予她活下去的勇气，从不收弟子的神仙，竟二话不说便将她收作弟子。

时光一点一点地流淌着。

颜安日以继夜不停地躺在那里装死，她那便宜师父则日日站在她榻前，苦口婆心地教导着，一刻不停地说着，成了仙如何如何妙，活着又是怎样怎样好。

彼时整个仙界都知道，四君之首的广陵仙君收了个弟子，可那弟子神秘得紧，就连广陵仙君仙府之中也鲜有人见过她真容。

故而颜安尚未现身，便成了个传说。

颜安头一次出现在众仙眼前，还是在她莫名其妙成仙又莫名其妙成为广陵仙君弟子后的第三百个年头。

彼时的她死也死不了，躺也躺腻歪了，觉着人生乏味之际就突然开了窍，终于想明白了自己不该再这么作下去。

身为她师父的广陵仙君简直老泪纵横，几乎就要大摆三日流水宴，得亏颜安拼了命地去制止，才令广陵仙君彻底打消这一念头。

广陵仙君可谓是高兴得走路都在飘，心心念念想着，自家乖乖徒弟该在何时现身，才能艳压群芳，一下就被整个仙界的男神仙给惦记上。

颜安开窍的这个时间点倒也是巧，翌日广陵仙君就收到了一封请柬，半月后便是与他齐名的衡水仙君八千岁寿宴。

收到请柬的广陵仙君笑得那叫一个荡漾，前来送请柬的仙童不由得一哆嗦，还以为仙君瞧上了自己。

颜安也是真不知广陵仙君哪儿来这么大的热情，往后的半个月里，他日日遣人给颜安送来新衣服和全套的头面首饰，或是明示或是暗示地叫她试穿新衣服，颜安却身在福中不知福，只嫌自家师父折腾。

直至临近衡水仙君寿宴的前一日，广陵仙君方才敲定自家弟子明日将要穿的衣裳，一想到自家那如花似玉的弟子将要在众仙面前惊艳亮相，他便忍不住抿着嘴一路偷笑。

彼时的颜安只知自家师父聒噪且话痨，尚不知晓他的性子究竟有多顽劣。

他给颜安这般打扮可不仅仅是为了让她惊艳亮相，更主要的还是为了去抢衡水仙君与其弟子的风头。

当初广陵仙君将颜安收作弟子也非一时兴起，还得多亏衡水仙君那老不死的日日在他面前炫耀，说自个儿近日收了个多好多好的弟子。

广陵仙君与那衡水仙君可是见面就掐的死对头，两人的岁数加在一起都约等于两万了，偏生凑一起时除了攀比还是攀比，上至自身修为法力，下到池塘里的鱼吃了多少鱼食，后院里的树结了多少果子，事无巨细，样样都要比。

正如广陵仙君所预料，颜安的出场可谓是惊艳全场，甫一出现便吸引了所有人的目光。

一想到颜安这身行头乃是他亲自挑选，乃至颜安这副颠倒众生的皮囊皆由他亲手雕琢，他便觉飘飘然，至于今日宴会上被抢走了风头、胡子都要气歪了的正角儿，他才懒得去管，谁叫对方时不时炫耀自己收了个多了不得的徒弟。

颜安一派淡然地接受着诸仙的目光洗礼，倒是她师父，表面上看着平静，一副宝相端庄的正经样，实则心里早就乐开了花。

宴会尚未开始，广陵仙君便忍不住拉着自家乖乖徒儿去与衡水仙君炫耀。

他这人心眼也是坏，好好炫耀自家徒弟也就算了，偏生还要夹枪带棒地去攻击人家弟子长得丑。

颜安与衡水仙君那弟子就这般相顾无言地在一旁杵着，两个老不正经倒是越斗越来劲，旁若无人地叉腰对掐着。

约莫又过了近一盏茶的工夫，那两个老不正经仍无要消停的意思，颜安前些日子瘫习惯了，才站一会儿便觉腰酸背痛，便也懒得去围观自家师父与人骂战，随意找了个借口就溜走了。

颜安只想着要找个地方去休息，也是万万没想到，才这么一会儿的工夫，她便遭到了调戏。

彼时的颜安除了懒，还一点都没沾染上自家师父的恶习，遭人调戏了便这样被白白调戏了，完全都不知道该反调戏回去，只会梗着脖子朝那登徒子怒目而视。

然后，她命里的那个英雄就这般不期然地出现了。

英雄的出场方式向来都是与闲杂人等有所区别的。

颜安正梗着脖子与登徒子对视，前一瞬还嚣张不可一世的登徒子下一刻就尿了，不为别的，只因他裤腰带散开了。

颜安有点蒙，旋即便听到一个美酒陈酿般低醇的嗓音。

“你家师父天天念叨着你，你倒是真如传说中那般无用。”

呃……

劈头盖脸遭人一通嘲讽的颜安更是蒙，她甚至都没来得及看清那说话之人的模样，那人便已消失不见，只余一脸愣怔的颜安与满脸通红的登徒子大眼瞪小眼。

颜安回到席上时，晚宴已开始。

从她孜孜不倦地作了三百年的死就能看出，颜安绝对是个有骨气有气节的姑娘，可这并不代表，她是个经不起一点批评的人。

对于那神秘英雄给予的评价，她是相当服气的，故而颜安才会一回到自己的席上便开始琢磨，要如何与师父说，自己想好好学一门本事。

她纠结了很久都不知该如何开口，只得一五一十将自己今日的遭遇说给师父听，末了，还不忘问上一句：“师父，我是不是真的很没用？”

颜安不晓得的是，她不在的时候，她家师父立马就败下了阵，全然死于她这空有一副好皮囊的废材徒弟上。

广陵仙君一时间不知道该如何答，支支吾吾老半天，愣是说不出一句确切的话来。

颜安往嘴里夹了一块杏仁豆腐，不浅不淡地表示：“说实话。”

听到这话，广陵仙君立马就不淡定了，一拍大腿，几乎是咬牙切齿：“岂止是没用！简直太没用了！”

颜安嘴角抽了抽，突然就叹了一口气：“师父您可别气坏了，徒儿定当好好学习，给您长脸。”

一回想起衡水仙君用来怼自己的话，广陵仙君就觉气得吃不下饭，他一脸颓然地摆了摆手，语气倒是很淡：“不求长脸，但求不丢脸。”

自那以后，颜安才总算有了好好学下去的动力。

给师父长脸一事亦成了贯彻她一生的信念。

也就这时候，她方才知晓，广陵仙君本也是一介凡人，乃是整个天界唯一一个由凡人修成的上仙，且是所有乱七八糟的仙中杀伤力最为强大的剑仙，为承自家师父衣钵，颜安自也在练剑。

出乎广陵仙君意料的是，颜安居然是个剑修天才。

从颜安挥出第一剑开始，广陵仙君便发觉，自己居然捡到了一个宝！

广陵仙君自己本身就是个万年难得一见的剑修天才，颜安的资质可以说是只比他好，不比他差。

知晓此事的广陵仙君那叫一个欣喜若狂，成日笑得见牙不见眼，逢人便说我家弟子如何如何好。

有了他的自卖自夸，不到一个月的工夫，整个天界都知道广陵仙君收了个资质好到逆天的弟子，一时间来府上见颜安的人比见广陵仙君的还多。

颜安可谓是烦不胜烦，偏生还只能一个一个地去见。

某次会完客，颜安本想找自家师父好好谈一谈人生，结果师父没见到，倒是在自家师父书房门口见到了一辆足以闪瞎人眼的奢华车辇。

那车，车身由一整块墨色玄玉雕琢，门窗皆由纯金锻造，车前九条五爪金龙牵引，黑与金交织，低调奢华又显威严。

自打颜安开了窍，经常被她家师父牵出去到处遛，倒也不存在土包子没开眼界这等情况，于是她得出一个结论，那便是这辆车的主人定然非同一般的尊贵。

颜安好歹也曾是个公主，才不会这么没眼力见儿，广陵仙君的书房外既停了辆车辇，便也就说明，他此时正在会见贵客。

得出此结论的颜安只得坐在书房外边等。

时间就这么晃荡着过去了，约莫又过了两个时辰，等到天都快暗下来，书房内方才传出一丝动静，随后，一直紧闭着的门便被人推开了。

蹲守在门外的颜安一抬头，恰好对上一双眼。

那是一双颜安用任何言语都形容不出的眼。

好看固然是好看，却又不能单单用美来形容，只消一眼，颜安便觉那人的目光像箭一般穿透了她心底。

她就这么呆呆地站着，甚至连那人的全貌都未能看清，广陵仙君便笑盈盈地走了出来，站在那人身侧。

也就这时候，颜安方才后知后觉地发现，那人身上裹了件玄色的斗篷，斗篷的立领裁得很高，几乎都已经遮住了他的鼻梁，只露出他那双寒潭般幽深的眸。

颜安仍盯着那人发呆，广陵仙君已然开始笑眯眯地给人做介绍："来来来，这便是我那沉鱼落雁闭月羞花冰雪聪明的弟子颜安。"

自打发现自家弟子是个天才，广陵仙君从来都是这么给人介绍自家弟子的，颜安也就第一次的时候稍有些不适，而后随他怎么夸，她都不觉羞耻，她师父反正就这副德性，今日却不知怎的，甫一听广陵仙君说这话，她便羞耻到想把头埋沙子里。

她师父却毫无察觉，又拍拍她的肩：“乖乖徒儿，快快拜见这位大人。”

颜安蒙蒙地跟着照办。

那人倒是没和颜安寒暄多久，打了个照面便乘着他那能闪瞎眼的车辇走了。

直至九条金龙拉着的玄玉车完全消失在天际，颜安方才抽回心神，与此同时，她又莫名觉着那人的声音有些耳熟，好像在哪儿听过似的。

思及此，颜安连忙开口询问自家师父：“师父，那人是谁呀？”

广陵仙君却在这时候卖起了关子，反问了句：“女娲补天的故事听过没？”

颜安如实点头：“听过。”

“那位大人呀，便是女娲当年补天时所遗留下的五色石，那块五色石本就不是凡物，又有女娲大人神泽的滋养，慢慢就生出了灵识，变成了你现在所看到的那位大人。”

颜安似懂非懂，关注点却在另一件事上：“那么，那位大人究竟是石头仙还是石头精呢？”

广陵仙君听闻立即露出同样迷茫的表情：“这个……还真不知道。”

颜安："……"

敢情他老人家跟人打了这么久的交道，都还不知人是什么物种。

颜安的修为越来越精，而她师父似乎也与那位大人越走越近。

从前师父夸得最多、赞得最多，挂在嘴上最多的通通都是颜安，可自打师父与那石头大人越走越近了以后，颜安动不动便听自家师父说起那石头大人的事。

起先听上那么一两句倒也还好，可到了后头，师父几乎时时刻刻将那石头大人挂嘴上，到了后来，颜安便对那石头大人越看越觉不顺眼。

某日，当广陵仙君第五次提起石头大人时，颜安终于按捺不住了，醋味十足地道了句："你这么喜欢那石头大人，索性把人家娶回来给我做师娘算了！"

广陵仙君听罢，二话不说便在颜安脑门上敲了两个栗暴："呸！呸！呸！你师父我可不是断袖！"

颜安白眼一翻："那你倒是给我娶个师娘回来呀！如今可就你一个人拖了四大仙君的后腿，连老婆都没有，将来要怎么跟人衡水仙君拼孩子孙子？"

广陵仙君但笑不语，晃晃自己手中的剑，朝颜安眨眨眼："你师娘，在这儿呢？"

颜安白眼翻破天际：“那孩子呢？”

广陵仙君原本玩世不恭的声音在此刻变得格外温柔：“难道不是乖乖徒儿你吗？”

颜安手中动作一顿，一股说不清道不明的情绪在她心间无声无息地漫开。

她却撇撇嘴，满是嫌弃：“我爹才不会是你这种老不正经。”

由于颜安的修为越来越精，因此上门来与她切磋挑衅的同辈也是越来越多。

修为相当的同辈里，颜安可谓是打遍同级无敌手，她一个又一个地将那些不堪一击的小辈打飞，豪气万丈地抱剑感慨着：“真是一个能打的都没有！”

感慨完毕的她一回头，准备往自个院子里走，却见那裹着玄色斗篷的石头大人一声不吭地站在自己身后。

颜安固然再怎么看那石头大人不顺眼，礼数也得做全，心不甘情不愿地行礼，道了声：“拜见大人。”

她本就不情愿朝那石头大人行礼了，那石头大人偏生还要挑她的刺儿。

开口便道她上一剑露出了怎样的破绽，上上剑又露出了怎样的破绽，诸如此类，听得颜安眉头都皱起来了。

颜安很生气，又不能说重话来顶撞人家，道了声谢，就准备抱剑走人，结果也不知她哪根神经搭错了，竟然因为走太急，而导致两腿打岔绊倒了自己。

她心中暗呼一声倒霉，这回可是真想把自己脑袋埋土里了！

就在她以为自己将要摔个四脚朝天之际，竟跌入了一个温暖的怀抱，那个怀抱的主人不是别人，正是颜安一直以来都很排斥的石头大人。

颜安呆愣地靠在石头大人的臂弯里，又一次对上了他的眼睛。

他的眼睛既像包罗了万物，又似空无一物，与他对视的时候，颜安只觉自己的魂都要被吸了去。

她不知自己究竟与那石头大人对视了多久，那石头大人亦无要挪开目光的意思，两人就这般僵持不动地立在了原地。

颜安即将要挣脱那双磁石一般的眸子时，广陵仙君又不知打哪儿摸了出来，装模作样地咳了两声，石头大人这才将颜安轻轻放下。

石头大人都走了近一个时辰，颜安还是一副魂不守舍的模样。

广陵仙君突然凑过来，一张大脸顿时横在颜安眼前，好端端一张俊脸愣是被他笑出猥琐的风韵：“乖乖徒儿，你可是瞧上那石头大人了？”

颜安极力否认，摇头似拨浪鼓。

广陵仙君搓着手继续笑：“哎呀呀，你若是瞧上人家了就直说呀，为师替你上门提亲去。”

颜安才懒得搭理这老不正经，广陵仙君依旧觍着脸笑：“乖乖徒儿，你真不喜欢他？”

每当广陵仙君露出这样的神情，必有坏事在肚子里酝酿。

颜安一脸警惕：“笑这么恶心做什么？又在打什么坏主意？”

“没什么，没什么。”广陵仙君竭力想憋住笑，嘴角却总忍不住弯起来，“为师只是在想，你若是收了他，那他以后辈分可不就得比为师小。”

颜安整张脸都忍不住抽了抽，狠狠瞪了广陵仙君一眼：“痴心妄想。”

第四章

◆ 相 思 疾 ◆

师父叹息一声，道："也怪为师，乖乖徒儿，忘了他吧。他纵然染上了女娲大人的神泽，终归还是妖。"

广陵仙君一语成谶，自那以后，颜安果真满脑子都是那从未见过真容的石头大人。

从前见着石头大人，颜安只觉他那人装模作样的，怪没劲，而今却是连他裹在身上的那袭玄色斗篷都觉好看得不可思议。

颜安就像换了个人似的，如今只要是石头大人来了，她便会躲在屋子里一番盛装打扮，再四处找机会，在石头大人眼前晃啊晃，她用意这般明显，只差在脑门儿戳上俩儿字来昭告天下，广陵仙君只笑笑并不说话，却已在心底里盘算着，自个儿可能在百年内抱上徒孙。

石头大人来的次数和以往一样勤，明明从前老嫌弃他总来骚扰师父，而今的她却只想着，他怎就只待这么一会儿。偶尔遇上石头大人不来的时候，她便像块望夫石似的杵在了原地等啊等。

每当瞧见她化身望夫石杵门口等人，广陵仙君便会凑过来，嘻嘻笑着打趣她一两句：“哟，乖乖徒儿莫不是在等心上人？”

头一次听闻此话时，她还会涨红着脸，半晌憋不出一个字，可同样一件事被打趣多了，她的脸皮自然也就厚起来了，只会不咸不淡回一句：“没呢，我只是在吹风，嗯，吹风！”

她心中明明也是清楚的，知道自己对那石头大人究竟存在了一种怎样的情绪，却又始终不肯承认。

也是，她这辈子也就正儿八经地喜欢过一个人，结果呢，那人从头到尾都在利用她，到头来却是害得她国破家亡。她的心早该在坠崖的刹那一并死了才对，为什么她又会重新喜欢上一块石头?

情情爱爱这玩意儿可真神奇，明明她从前是这般讨厌他，怎么一眨眼就喜欢上他了呢?

也不知究竟是在心疼自家乖乖徒儿，还是广陵仙君自个儿好八卦，愣是打着给自家弟子解相思之苦的幌子，日日带着颜安去石头大人那儿瞎晃，连那鼻子长上天的衡水仙君都不再搭理了。

石头大人倒也真不愧是石头大人，就连他所住的宫殿都由一块块完整的山石劈凿而成。

广陵仙君瞥了两眼，只觉乏味，倒是颜安一路看一路啧啧称奇，恨不得将这座石头宫殿夸上天去。

石头大人倒是一如既往的寡言少语，即便与广陵仙君相交甚久，两人之间的交流也都只停留在广陵仙君问，石头大人答之上，倒是对颜安比寻常人都要来得更上心，起码还会时不时蹦出几句话来与她主动交谈。

正因如此，广陵仙君才会以他男神仙的直觉来笃定，那位大人定然对自家乖乖徒儿有意思。

察觉到这一层面的广陵仙君纵然好八卦，也不会这般没眼力见儿地成日杵在二人面前充当电灯泡，常常找理由和借口叫颜安自个去找石头大人玩。

说起来他这人也是真叫人不省心，明明就是他让颜安去找人石头大人，颜安去的次数多了，他又吃上了飞醋，每当颜安要出门，他便一屁股坐在门口，痛心疾首地捂着胸口，叨叨不停地重复着同一句话：“女大不中留哇！女大不中留咯！”

每当他装模作样地开始演戏时，颜安就有些控制不住地想踹他一脚，这德性，哪有半点上仙的样儿！

其实，颜安每次去找石头大人，都不知该和他做些什么。

她与那石头大人总得大眼瞪小眼，瞪上老半天，方才有下文。

犹记得颜安头一次独自去找石头大人，两人愣是瞪了大半天，石头大人方才憋出一句：“可用过午膳了？”

颜安如实摇头："没有。"

然后，两人又这般相顾无言地一直瞪着，又过了近一炷香的时间，石头大人方才憋出第二句话："你可会烹煮？我今日方才在你师父遣人送来的戏折子上看到，凡间的夫妻，皆由女方来备餐饮。"

听到这话，颜安的脸唰地就红了，心中埋汰自家师父乱给人看什么书的同时，又在想，他为何要说这种话呀？难不成将我当作自己的妻？可我俩都不曾拜堂成亲呀……

颜安一时间想不出该如何去接这话，石头大人又巴巴望着她。

当然，这石头大人从头到尾都是同一个表情，所谓的"巴巴望着"不过是颜安凭空臆想。

颜安脑子里闪过无数个念头，终究还是受了石头大人那眼神的鼓励，"噌"的一声打椅子上弹起，表情浮夸地拍着自个儿胸脯："哈哈，烹煮做饭什么的可容易了，待我给大人您奉上三菜一汤来！"

一个时辰后。

颜安顶着一脑袋炸开的发，捧着个木质托盘，颤巍巍地走了出来。

一直不放心守在门前的石头大人眼前果真摆着三菜一汤，只不过每一道菜里都是焦黑混着各种奇奇怪怪的诡异色彩，显然，甭管吃哪道，都能立即见阎王。

被这三菜一汤给狠狠震惊了一把的石头大人不由得低头瞥了眼颜安。

颜安支支吾吾老半天，才终于说出一句完整的话：“我觉着吧，咱们不管是做神仙还是做妖怪，都不该贪图口腹之欲，这些玩意儿咱们就先不吃了，不如一起去练个剑吧？”

石头大人神色庄严地一颔首，不用吃这些，想必他也是悄悄松了一口气。

又过了半个时辰……

石头大人那气势非凡的山石宫殿毫无预兆地崩塌了，颜安则一脸生无可恋地杵在原地。

倒是石头大人表情从头至尾都不曾改变，他盯着颜安许久，才感叹似的道了句：“唔，剑法不错，宫殿全没了。”

颜安也是没想到，在石头大人面前自己怎就这么笨，这下她可真是眼泪都要流出来了，站在那里，又呆呆将石头大人的话给重复一遍：“啊……宫殿全没了……”

两人继续默默无语地对视着，一种名为尴尬的东西在二人之间缓缓流淌着，又过半晌，颜安方才带着哭腔说：“我先走了，改日再来拜访。”

同样陷入尴尬中的石头大人微微颔首：“唔。”

本已走了一半路的颜安，恰在这时含着泪水一回头，试图给石头大人挽留自己的机会：“其实……也能帮您搬搬砖什么的……所以，您若是需要人帮忙什么的，可以……”

余下的话尚未来得及说出口，石头大人却像怕了她似的，连忙摆摆手。

颜安只得含着两包泪，一路跌跌撞撞回到广陵仙君的府邸。

自那以后，颜安足足有半年都没去过石头大人的石头宫，而她师父也足足取笑了她半年之久。

这半年来，颜安一直都很颓废，即便石头大人上门来拜访，她也将自己闷在房里，死活不肯出门见人。

广陵仙君也是拿她没辙，恨铁不成钢地在她脑门上一戳：“不就是弄坏了人一座宫殿嘛，你师父我早给人登门道歉，重新赔了一座，你这整日羞羞答答，不肯出门见人又是怎么一回事？那位大人可天天挂念着你，成日拐着弯抹着角问为师你去哪儿了。”

“你说说，这可叫为师如何回答，总不能说，你因毁坏了他一座宫殿，而天天躲着他吧？”

颜安听罢，终于打起一丝丝精神，颇有些不确定地问了一句：“那我是不是该再亲自上门拜访，再道个歉？”

不待广陵仙君回话，颜安又轻轻叹了一口气，她说：“师父，您说得没错，徒儿我是真看上他了，可我不知道，他是否也喜欢我。从前在凡间的时候，我曾有个未婚夫婿，可那时我的身份是公主，从来都是他来讨好我，那时，我也并不觉着自己有多喜欢他，只因他生得好看，对我又足够体贴温柔，便也就这样接受了他，直至跳崖殉国的那一日，我方才发觉，我真是打心底里喜欢着他，也正因为足够喜欢，我才没彻底被仇恨遮蔽双眼，不曾抱着他一同坠崖，也就是那刹那，我方才想明白了很多，他纵然背叛了我，却无愧于他自己的国家……”

这还是颜安头一次敞开心扉去与广陵仙君说自己从前的事。

而今再去回想，从前的那些事仿佛发生在上一辈子，模糊得不可思议。

颜安突然与广陵仙君说这些，也没别的意思，就是突然有些感慨，明明她以为自己这辈子再也不会喜欢第二个人，明明她从前是这么看他不顺眼……

广陵仙君听罢，嘴角漾起个细小而温柔的弧度，他的声音很轻，轻得就像窗外绵绵洒落在杏花上的雨：“傻姑娘，过去了的事便让它过去，剑仙就当无所畏惧，任他杂念繁生心魔缠身，我自一剑劈了去。”

颜安终于弯起了嘴角，声音中透露出调笑之意：“咦——原来师父您也有正经的时候！”

广陵仙君一声冷哼，鼻孔直朝天：“你个不肖徒儿！什么叫作原来也有正经的时候，为师我何时不正经了！你倒是说说！”

颜安眉眼弯弯，眼睛里是止不住的笑意：“譬如您现在就很不正经呀，哎，我怎就这般命苦，遇上您这么个老不正经的师父，也亏得弟子我根正苗直，否则，指不定得歪成什么样儿。”

“哟——你个臭丫头！三天不打还就上房掀瓦是吧！”

“哈哈哈！师父，您可快照照镜子，瞧瞧自己这歪鼻子瞪眼的老不正经样！”

颜安倒是个豁达的姑娘。

经广陵仙君这么一点拨，便全然想通了，也不顾自家师父的哀号，当即便将自个好好打扮了一番，乐颠颠往石头大人那石头宫里赶。

许是因解开了从前的心结，颜安这次与石头大人独处，倒无半点不自然之处。

往后日子里，也再未出现过第一次的窘事。

颜安与石头大人的日常相处，全然可以用平淡如水来形容，可她并不觉乏味，她在这天界岁数虽不算大，却是真真正正经历过生死之人，正因经历过那些，她方才比寻常人更珍视这平静日子里的点点滴滴。

有时候她也会想，换作从前的她定然不会去喜欢这么个沉默寡言的石头精，可如今哪，这样一个不善言辞的石头大人却是令她喜欢得紧，他从不会说甜言蜜语，亦从不会说无用的废话，却又出乎意料的心细如尘，即便她无意间提起一句什么话，他都能牵肠挂肚地牢牢记着。

这样的日子看似平淡，实则处处透着温情。

只是，颜安始终有块心病，那便是，从头至尾石头大人都不曾真真切切透露过自己的心意。

广陵仙君总说颜安太过执拗，为了让自家弟子少折腾，他则拍着胸脯，信誓旦旦道："你师父我以仙格来担保，那位大人保准喜欢你，你也不看看，他对旁的仙子又是一副怎样的态度，完全都不带正眼瞧的。"

广陵仙君话虽这么说，颜安仍觉心中不踏实，总觉着，自己有必要捅破这层纸。

既然石头大人不肯透露心意，那么，这种话便由她来说。

颜安是个不折不扣的行动派，只要她下定了决心去做一件事，向来都是说做便做。

颜安赶到石头大人的石头宫时，天色已暗了下来。

这还是颜安头一次瞧见沐浴在夜色里的石头宫，可也不知究竟是天色的缘故还是这宫里真发生了什么事，甫一踏入，便嗅到一股子令人不安的血腥味。

她脸色瞬变，步伐亦在嗅到那血腥味的一瞬间加快了。

待她寻到石头大人已是半盏茶的工夫后，颜安所猜没错，血腥味正是从他身上散发出的。

与他相识这么久，颜安还是头一次看到他受伤。

在颜安心中，他的实力并不比自家师父弱。

颜安只觉自己脑子里乱糟糟的，什么也顾不上了，连忙蹲身去搀扶他，颤声问着：“你怎么受伤了？”

最后一个字才打喉咙里溢出，石头大人一直紧闭着的眼，便突然睁开了。

可颜安从未见过他露出这样的神情，几乎都不足以用可怕来形容，简直……简直可以说是狰狞……

颜安是真被吓坏了，伸出去的那只手半天不敢落在他身上。

她沉默半晌，方才柔柔地问道：“你到底是怎么了？告诉我好吗？”

石头大人的眼神依旧不曾缓和，就这般睁大一双猩红的眼，死死瞪住颜安。

颜安又觉委屈又觉害怕，鸡皮疙瘩就像雨后破土而出的春笋似的，瞬间遍布全身，她又颤声唤了句：“石头……”

余下的话尚未来得及说出口，便听石头大人怒吼一声：“滚！不要靠近我！”

这一下，颜安再也忍不住了，眼泪像断了线的珠子似的，不停地往下掉。

可她始终不信，石头大人会这般待她，她仍不死心，又轻声问了句：“你到底是怎么了呀？”

回复颜安的，依旧是那声蕴含怒气的滚。

颜安再也忍不住，头也不回地走了。

这个时候，她只想扑进师父怀里哭诉，却不知哪这么凑巧，师父恰好在会客，她守在门外等了足足两个时辰，都不见师父出来，如此一来，她只得一个人默默回房，躲在被子里偷偷地哭。

从前，她还是大梁的长公主时，日日都要端着架子，时刻都得摆出皇家长女的风范来，那时的她也不是不会受委屈，可那时与现在全然不同，再怎么委屈都无人倾诉，那冰冷的宫殿里处处都是眼睛，一刻不停地监视着你，那时的她，一旦委屈了，便会钻进被子里，彻夜不停歇地哭下去。

她已记不清自己究竟有多久没哭过了。

她这一下哭得可真凶呀，眼泪就像绝了堤的洪水，狂涌而来，仿佛未有穷期。

她不知道自己究竟蒙在被子里哭了多久，只知自己哭着哭着便睡了一觉，临近翌日天亮，方才有人来敲她房门。

她迷迷糊糊从床上爬起，顶着一双肿成核桃似的眼推开了门。

此时恰逢破晓天明，她家师父逆着光站在晨曦里，浅金色的光晕在他俊逸的脸上，像是镀上了一层薄薄的金，她不知究竟是自己睡得太迷糊出现了幻觉，还怎的，她家师父的神情竟莫名的庄严肃穆。

她的师父从来都是一副吊儿郎当的不正经样，又何曾露出这样的神情。

颜安一时间有点慌，不禁开口问了一句："师父，您这是怎么了？"

昨晚她可是哭了整整大半宿，一张嘴便觉自己声音像只被人掐住喉咙的濒死公鸭，可真是难听得紧。

换作寻常，她家师父定会半是调侃半是关切地将她训上一顿。

今日的他却是出乎意料的反常，非但没将颜安训上一顿，反倒幽幽叹了口气，意味不明地问了句："你可还喜欢着那位大人？"

颜安不明白自家师父为何会说这种话，更不知该如何来回答。

她犹自踌躇着，又听师父传来一声叹息："也怪为师，乖乖徒儿，忘了他吧。"

颜安这下是彻底傻眼了，压根儿闹不明白究竟发生了何事。她努力睁大了那双核桃眼，定定望着自家师父："师父，徒儿不明白，到底发生什么了？"

广陵仙君仍在叹气："他纵然染上了女娲大人的神泽，终归还是妖。”

颜安不死心，仍在问：“师父，你快告诉我呀，到底发生什么了？”

“你可听过巫妖之争？”

颜安如实摇头，回复她的，是师父的第四声叹息：“天将大乱。”

颜安不知“天将大乱”这四个字究竟意味着什么。

之后的很多天里，她都再未见过石头大人。

再后来，她又听说他被诸仙合力关入了锁妖塔里。

然后，颜安便生了一场大病，一场使她常年卧床不起的大病。

她不知自己究竟生了什么病，时而清醒又时而昏迷，可即便是清醒的时候，她也常常手脚无力，只能软绵绵地躺在床上，甚至连睁开眼睛的力气都无，偶尔清醒，她便总听师父在自己耳畔叹息。

这样的日子着实令她心生无力，可她一点解决的办法都无。

又是一天清醒日，这次，她终于不再听到师父的叹息，而是听见师父与一个陌生嗓音的对话。

那个陌生嗓音道：“她这是相思疾，心病！”

听闻这话的颜安只想立刻挣扎着爬起来，告诉那人与师父，自己才不是得了什么心病。

可她身上并无一丝力气，手和脚简直都不像是自己的了，直至这时，她方才觉着心慌，不明白自己究竟是怎么了，明明她的思绪很清晰，唯有身体，像是被人施法定住了一样，怎么也动不了。

最最可气的是，她家师父还真信了那人的鬼话，竟就这么凭空消失了。

她全身软绵，动弹不了，一直躺床上等着师父回来。

她一直等啊等啊等，却始终没能等到，最终，只等来一个噩耗。

她的师父私闯锁妖塔，触犯天条而被放逐。

听闻此噩耗的颜安“扑通”一声滚下床，却再无人来扶她。

树倒猢狲散，不过两三日的光景，这曾令无数仙娥仙童心生向往的仙府就成了一块荒凉地，只余颜安一人孤零零地躺在那里。

她不知自己究竟在原地躺了多久，久到蜘蛛在她睫毛上结了网，久到她在自己身上嗅到了腐朽的气息。

她想，她大抵会是这世上头一个被饿死的神仙，也不知，后世的小仙们将她的尸骨挖掘出时会作何感想。

她本就是死过一次的人了，又何曾畏惧死，可她好歹也是个仙呀，以这种方式死去，未免也太憋屈，更何况，她还不知师父究竟怎样了，还有那位石头大人，他们都可还好？

现在的她呀，是真的很不好，在被饿死之前，她兴许会被那群饥肠辘辘的老鼠给啃得尸骨无存。

她克制不住地胡思乱想，当她觉得自己真要撑不下去的时候，几乎就要销声匿迹的石头大人再一次出现了。

他一如从前，依旧裹着将整张脸遮至鼻梁的玄色斗篷。

此时的颜安依旧是喜欢着他的，可相比较从前那不掺一丝杂质的喜欢，又增添了一丝怨恨。

是了，彼时的颜安便觉得，他是罪魁祸首，一切都是他害的，若不是因为他，师父又岂会遭人放逐，至今都下落不明。

石头大人却连一句解释的话都不曾说，一来就吐了个亮晶晶的东西塞入她嘴中，二话不说抱着她便走。

颜安并不晓得石头大人往自己嘴里塞了个什么玩意儿，那玩意儿简直就像个活物，才入她口腔便顺着喉咙一路滑进腹部，然后她便很神奇地发现，自己能动且能说话了。

她张了张嘴，试图发出个单音节，那音节兀自在舌尖打着转，尚未溢出嘴，石头大人便说话了，他道：“你这是被人下了毒，再晚些，就会被活活饿死。”

颜安欲说出口的话，又被咽了回去。

千种情绪浮上心间，她静静依靠在石头大人怀里，踌躇半晌都不曾开口说话。

二人又这般沉默不语地对视着，颜安好不容易才攒起了再度开口的力气，却是一开口便忍不住哭出了声：“师父呢？我师父他在哪里？”

石头大人微微垂着眼睫，遮住了眼中翻涌的情绪：“不知道，这一切不过是个陷阱，我从来就不曾被人关进锁妖塔，我与你皆是诱饵，他们的目的不过是引你师父出来。”

颜安的泪终于止住了，她又问石头大人：“那他们将我师父引出来的目的，又究竟是什么？”

石头大人仍是摇头：“不知道。”

颜安突然丧失了与石头大人说话的兴趣。

那亮晶晶的玩意儿甫一入腹，她便恢复了些许力气。

她就凭借着这零星半点力气，让自己从石头大人的怀抱里挣脱出。

石头大人见她准备转身就走，连忙唤了句：“你要去哪里？”

颜安却兀自头也不回地往前走：“去找我师父。”

石头大人也不再接话，只站在原地，神色复杂地望着颜安一点点融入夜色中的背影。

后来的很多年里，颜安一直都在孤身行走，寻找自己的师父，她一个人去过很多很多的地方，性子也越来越像她的师父，而那位石头大人却再一次凭空消失，就像从来都没有来过这世间一样。

颜安所不知的是，在她离开后不久，石头大人就变成了一块真正的石头，这般小小的、凉凉的，一动不动地躺在那里。

他花了上万年时间才修炼出的内丹入了她的腹替她解毒，失了内丹的他自然就得再变回一块石头。

他不善言辞，亦不想对这件事做过多的解释。

更何况，颜安是那样倔强的姑娘，又岂会允许他这般做。

他知道，自己这般默默无闻地掏出内丹来替人疗伤，简直傻得无可救药。

可颜安那样的姑娘，他又岂舍得她死去。

世间一切有灵之物终究逃不过一个死字，唯独他不同，他生来便是石头，一块死物，既如此，便也不存在死之一说，他的内丹丢了便丢了，大不了再重新修炼出一颗便是。

而颜安，世间仅此一个，没了，便是真没了。

有时候，他也会想，世间怎存在颜安这样的姑娘。

他与广陵仙君算是故交，交情却并没深到哪儿去，真正使他俩熟络起来的，还是那个名唤颜安的姑娘。

广陵仙君素来话痨，却时常自诩孤独剑客，与他把酒言欢醉眼蒙眬的时候，总将一句话挂嘴上，他说：“放眼整个天界，最孤独的人可就是你和我，一个是冷冰冰的石头，一个是孑然一身的剑客。”

也不知究竟是那广陵仙君常常将这话挂嘴上的缘故，还是他真有所感悟，他竟将这醉鬼的酒话给记了下来。

广陵仙君说得倒是在理。

他活的时间再长，也终究是块没有感情、没有感觉的冰冷石头。

让广陵仙君闭嘴不再说这话的，正是那个名唤颜安的姑娘。

不知从何时开始，广陵仙君便不再找他喝酒，即便偶尔抽空来见他，也是时常将颜安这名字挂嘴上。

他从广陵仙君那儿听到的全都是颜安的恶习，可不知打什么时候开始，广陵仙君一提起她便又满脸红光，一刻不停地夸赞着她有多好。

他不明白广陵仙君态度为何转得这般快，头一回对一个姑娘生出兴趣来。

彼时的他尚不知道，一个男子对一个姑娘生出兴趣究竟意味着什么，他只知，颜安是这世间头一个令他觉着活着并不仅仅是乏味的姑娘。

她有时候很吵，有时候很闹，有时候还很傻，可不管是哪种模样的她，映入他眼睛里都是那样生动鲜活有趣，于是，他便想，就这样一直过下去，似乎也不错。

……

他的身体在一点一点变僵硬，他的思绪在一点一点散去，然后，他便成了一块真正的石头，在这样一块荒凉的地上，一动不动地躺了足足五百年。

他忘掉了很多事，失去了从前的记忆，每天都在拼命地修炼，五百年斗转星移沧海桑田，眼看他就要化成人形，夜空中却突然掉落一个姑娘。

姑娘是那么好看，只可惜，他是一块没有感情没有心，亦没有从前和过去的石头……

足足昏迷了大半个月的颜安终于醒了。

她一睁开眼便看见温泽一动不动地望着自己。

不知为什么，温泽的这双眼睛总令她想起另外一个人，思及此，颜安不禁摇了摇头，她家小石头又岂会是那人？

她摇散了自己繁杂的思绪，用那沙哑如公鸭的喉咙继续调戏着自家徒弟：“你在看什么呢，小石头。”

温泽又是一愣，如实道：“看你眼熟。”

颜安有着一瞬间的错愕，旋即便转移了话题：“小石头，你究竟是怎么将为师救出来的呀？该不会是随手从地上捡的吧？”

某种程度来说，颜安还真是温泽从地上捡回来了，只不过是有目的地捡，而非随手。

当温泽一五一十将事发经过说给颜安听，颜安立马就瞪大了眼睛，满脸不相信：“你怎可能杀得死那守门的梼杌？即便我家师父与那梼杌一战，怕是也有些吃力。”

温泽不再解释，又问颜安，待她养好了伤，又该去哪里。

颜安嘴角绽出笑：“咱们哪儿都不必去了，我能感受到，师父就是被关在了岐山，我要将他救出来。”

“怎么救？”

颜安这次沉默了良久，方才缓缓开口：“不知道呀，大抵得杀光所有守门的凶兽吧。”

温泽听罢，微微颔首：“我来杀。”

半月后，颜安的伤彻底痊愈了。

两人一同上了岐山，温泽一口气不带停歇地解决另外三头凶兽，正欲出剑的颜安简直目瞪口呆，盯着温泽半晌说不出话来。

温泽却毫不停留，一路向前冲，给颜安开辟出一条鲜红的血路，不到一盏茶的工夫，二人便一同进入了内殿。

颜安那颗因遭到温泽惊吓，而怦怦乱跳的小心脏尚未来得及归位，又猝不及防被殿内的景象给吓了一跳。

这是一座比想象中更为残破的宫殿，殿内躺了一堆乱七八糟的巨大石块，乍一看，像是被人毫无章法地胡乱摆了一地，细细端视方才发觉，这些石块的摆放位置实则遵循着一定的规律，分明被人摆放成了一个阵法，而那阵法的最中心位置则是她的师父。

颜安只觉自己心脏部分一阵猛地抽搐，她嘴唇颤了颤，喊出两个字：“师父……”

随着她话音的落下，整座大殿像是活过来了一般，竟在轻轻抖动，她的师父便在这时睁开了眼，静静望着颜安。

这一眼仿佛穿透了时光的洪流，回溯至一千年前，颜安与他的初见。

事已至此，颜安早就明白了，当年的一切皆是阴谋，所谓的天将大乱，所谓的石头大人被关锁妖塔，所谓的相思疾，通通都是假的，一切的一切都不过是为引广陵仙君驻守在这里。

这里是岐山，曾关押了无数穷凶极恶的邪神，魑魅魍魉横生，无穷无尽的魔物顺着戾气在此繁衍，唯有世间最清正的剑气方才能净化镇压它们。

广陵仙君半晌不说话，神思恍然。

颜安强压住即将涌出的泪，又唤了一声师父。

直至这时，广陵仙君的眼睛方才恢复清明，他嘴角一挑，仍是那副吊儿郎当的不正经样：“哟，这不是我家乖乖徒儿嘛！”

颜安即将说出口的话便这般被堵了回去，她甚至有着一瞬间的恍惚，这便是她那老不正经的师父呀，纵然锁链缠身被关在了这里，仍不曾改变一分一毫。

颜安又盯着自家师父望了半晌，方才定定道：“师父，徒儿要如何才能将您救出？”

“没用的。”广陵仙君缓缓摇了摇头，“这个阵法一旦启动，除非为师死，否则不可能脱身。”

颜安再也没能忍住，泪水顿时汹涌而出。她咬牙切齿，哭得上气不接下气：“那些人的心怎就这么狠！”

一瞧见颜安哭，广陵仙君便急了，他想伸手去擦拭自家乖乖徒儿的眼泪，双手却被锁链给束缚住，任凭他如何使劲，都无法将手伸出去，颜安的泪水终究还是被温泽擦拭干净。

广陵仙君无奈地叹了口气：“真是个傻徒弟哟，都这么大人了，还动不动就哭鼻子，也不怕遭人嘲笑。”

颜安却不管不顾，任凭眼泪汹涌。

广陵仙君又是一声长叹：“傻丫头，可别瞎想了，你师父我英俊潇洒智勇双全才没这么好骗，起初倒是真信了他们那伙人的邪，到了后头纯属为师自愿。”

颜安听罢，又怔了怔。

广陵仙君却十分不以为然地笑了笑：“为师活了万把岁，倒是真活得腻歪了，只可惜连累了你。”

颜安再一度哽咽，广陵仙君的目光却悠悠转至了温泽身上：“咦……这位是？”

颜安连忙抹了把眼泪，试图扬起嘴角，想说些好消息给自家师父听：“他是我新收的弟子，您的徒孙。”

广陵仙君神色瞬间变得古怪起来，他瞅瞅温泽，又瞥瞥颜安，露出一副似懂非懂的表情来：“本君似乎懂了……”

颜安与温泽兀自一脸蒙逼，不由得同时开口：“懂什么？”

广陵仙君却在这时卖起了关子，笑得一脸不怀好意，叫颜安出去避一避，咬着温泽的耳朵偷偷说了句什么。

颜安虽真听她家师父的话避开了，却不曾走太远，一直躲在附近的石块后面暗中观察，她虽听不清自家师父究竟在对小石头说什么，却没能错过那一瞬间浮现在温泽眼睛里的古怪神色。

颜安甚至都来不及质问自家师父究竟对温泽说了些什么，广陵仙君便摆摆手，将颜安与温泽一并赶了出去。

往后的日子里，温泽倒是一天比一天怪，可不论颜安如何威逼利诱，他都不肯透露一个字。

颜安颓然，对这件事死了心的她开始潜心钻研阵法。

时光于不经意间飞快流逝，转眼又过百年。

这一百年间，颜安便与温泽在岐山定下了居，她每日都会和温泽一同去给师父送酒和好些吃食，坐下与师父聊上大半日，倒也还算惬意。

可她不会让这样的日子一直延续下去。

终于在将那阵法钻研透的第二个年头展开行动。

那日，她如往常一般挽着温泽的手臂去给自家师父送酒喝，甫一打开包裹，她便“呀”了一声：“我忘给师父带下酒菜啦，小石头，你赶紧回去拿。”

这样的事从前也不是没发生过，温泽听罢转身便走。

颜安又笑眯眯端出那壶自己新酿的酒：“师父你快尝尝徒儿新酿的桃花酒，保准您喝过就再也不想喝别的酒啦！”

温泽提着下酒菜回到岐山山顶已是半个时辰后。

他正欲打开岐山结界，整座岐山便开始一阵剧烈震荡，地底下似乎还传来几声震耳欲聋的魔物咆哮声。

待他打开结界，回到那座残损的宫殿时，只见颜安端端正正坐在了阵法最中间的位置，而颜安的师父，广陵仙君则安详地闭上了眼睛，静静躺在地上。

素来泰然的温泽终于不淡定了，他几乎是红着眼睛冲了过去。

颜安却兀自绽开一抹璀璨至极的笑，她说：“小石头，可别埋怨我，师父他一个人在此待了五百年也该累了，便由我来替代吧。”

温泽半晌说不出话来，隔了良久，方才问道：“你究竟是如何做到的？”

颜安眨眨眼：“这很简单呀，我与师父同出一脉，身上所流淌的剑气是一样的，自然就能够替代。至于师父，我在酒里多掺了一味药，他会像死了一样睡上好几年。所以，我不过是让师父假死骗过这阵法，再以自己顶替上。”

她又说：“师父可与我不同，我笨，只能想到这样的法子，所以，可别太牵挂我，我知道，你们一定能想到别的法子，将我救出来，所以，你现在快带师父走吧。”

温泽带走广陵仙君后，偌大的残殿里只余颜安一人和那些石头。颜安突然悠悠叹了一口气，不禁开始自言自语：“才开始便觉孤寂了吗？那么，师父又究竟是如何独自熬过这漫长的五百年呢？”

她这一世以两种截然不同的身份活着，不论哪一种都活得足够肆意，她一点也不后悔自己替代了师父，若无师父便无如今的她。

不过，她还有一件事隐瞒了温泽和师父，那便是，这世上再也没有能救出她的法子了，除非她的灵力彻底枯竭。

她靠在冰冷的石块上，缓缓勾起了嘴角，她找到了她的师父，找到了她的石头大人，哪怕是在这里被关一辈子，都不会再觉孤独。

◆引　章◆

她握着石头，眼神里闪过一丝触动，大拇指不由自主地轻轻抚摸着石身。

似是累了，她就地坐下，眼前是喷薄而出的朝阳，驱散迷雾刺破黑暗。

不是没有感触的，至少，她没有再那么坚定地想要朝着悬崖而去。

“姑娘，可喜欢这石头？”青年凑过来，入鼻皆是草木香。

她摇了摇头：“你这石头是好石头，一叶一追寻，一生为一人……可那姑娘却为了苍生负了他，她是真心喜欢他的吗？喜欢一个人，难道不应该想生生世世和他一起吗？”

“很多时候，爱情并不是一个人的唯一，亲情、友情、大义这些都是人在这世间的牵绊啊。”青年变戏法般又摸出一样东西，“我烟雨斋家大业大，宝贝可多了，姑娘再看看这个。”

这一次，他掌心滚出的是一颗坑坑洼洼丑不溜丢的石块……

· 第三篇 ·

Y A N Y U Z H A I

修魂护魄的陨石

第五章

◆ 女　　娃　　娃 ◆

桑歌和他不同，和这里所有人都不同。她只是个凡人而已。并且，还是一点灵力都没有的、彻彻底底的凡人。

松山青青，仙泉潺潺，灵气满溢。

在这山坡上的花树下边有一块石头，踩在石头上，能看得很远。

石头上站着一个女子。

从日出到日落再到下一个日出，她一个人在那儿站了许久，久到膝盖都弯不下去，久到提起脚步的时候，不小心扑进他的怀里，因而被他嫌弃似的念了两句。

可她还是很开心。

她很开心，因为他来了。

“我知道你会来。”她笑道。

男子不动声色地将人推开，握拳放在唇边轻咳：“我以为你走了。”

她歪歪头：“我既知你会来，又怎会离开？”

男子刚想说话，却被她截住。

“喏。”她拉过他的手，塞进一个石头似的东西，“这是银河深处的陨星碎块，我运气好，捡到的。”她眨眨眼，“你有用的吧？”

与人界所以为的不吉不喜相反，在仙灵界里，陨星碎块内藏玄奥，极为珍贵，哪怕只是指甲盖儿那么大的碎渣都难得见到，更别提这样完整的一块。

可他毫不留情地说：“没用。”说完便想塞给她，却又被她推回来。

“你听我说完。”她依然是那副笑吟吟的样子，“过些时日，你我二族将有一战，我不知结果会是怎样，但不论如何，伤亡难免，仇怨已定，这是我最后一次来见你。而这个，就当是我给你的告别礼，最后一次总该送点好的。”

他握着石块的手紧了紧。

“既然东西送到，那么我便走了，省得被人看见，平添麻烦。”

“等等。”他终于还是没忍得住，“若是再见……”

而女子停住脚步，背着他摆摆手：“再见就是敌人，最好还是别见了，我并不想在战场对上你。”她回头眨眨眼，“我可打不过你。”

有些话是很难说出口的，尤其是被打断之后。

他顿了顿，咽下那句未出口的话，不再言语。却可惜，很多时候，机会只有一次，不论是说话还是做事。

不久，两界战事爆发，这一战双方都准备了许久，打得却很快。仙灵一界大败邪族，而她死在了那个战场上。

战事结束，他回到住处，拿出被妥帖收藏的陨星碎块，低着双眸，沉思许久。

他闭门不出，就是从那日起的。

谁也不知道他在想什么、做什么。本是仙灵一界最负盛名的仙君，不想大战结束之后，他就那样消失在了众人眼里，再听见他的消息，却是百余年后了。

再次出现在公众视野里的他，依稀是原先模样，似乎之前的沉寂不曾存在过一般。

除了他的身边多了个小娃娃之外，一切如常。

桑歌是被光束晃醒的，虽然那光只在她眼前闪了一瞬而已，短得很。

“再睡会儿。”

顶上传来句话，桑歌下意识便睁开眼，可她并没有看见说话的人。有一只手覆在她的眼睛上，遮住了她的视线，也遮住了那些光。桑歌眨眨眼，睫毛随之扇动。

“嗯。”她应了一声。

那人像是无奈：“既然应了，就闭上眼睛。”

她乖巧地听了话，声音却明显清醒起来：“师父什么时候过来的？”

“方才。”他说，“既然怕光，就不要在外边睡，即便是树下，那枝叶也不会全然遮住。”

可桑歌选择性听话，完全不理后面那句。

“方才？”她就着这个姿势往君迁子的方向蹭，直到枕上他的腿，“师父每次都这么说，但怎么可能每次都这么巧？”

他低头，半散的发划过她的脸，桑歌大抵是觉得痒，顺手抓住一缕捏在指尖，一转一转，玩得好不开心。

“既然你醒了，我便走了。”

君迁子说着就要起身，桑歌却飞快抓住他的手掌，继续压在自己的眼睛上。

“没没没，我没醒，我在说梦话！”桑歌飞快嚷嚷，接着又佯装梦话，轻声嘟囔，“这外边的光太刺眼了，没有人帮我遮着可不行，不行不行……”

沉浸在自己的世界里，桑歌并没有注意到君迁子的反应。

事实上，在她抓住他、强行假装的时候，他觉得好笑，禁不住便摇着头弯了嘴角。然而，在她提到被光刺着眼睛的时候，他的笑意却忽然消失，眼底像是有什么东西，被薄薄掩住，看不出具体，只觉得复杂。

“好了，我不走。”

他的声音很轻，也不知是不是被风吹虚了话尾的缘故。桑歌觉得那一声不走，隐约带了几分颤意。可她没有多想，兀自欢欢喜喜。

“师父不走的话，我就能继续睡了。”

“嗯。”

听见他的回应之后，她终于不再多话。打了哈欠，不久便有困意袭来，在临睡之际，她无意识地翻个身，抱住他的腰身，这才安心睡去。

而君迁子就这么看着她，手掌始终轻轻覆在她的眼上。

桑歌和他不同，和这里所有人都不同。她只是个凡人而已。并且，还是一点儿灵力都没有的、彻彻底底的凡人。

三界六道九重天，从来都是分得很清楚的。生在哪儿，便该待在哪儿，天命如此。明明只是个凡人，却长久处在仙灵界，放在人界是一桩传奇，足够让许多人羡慕，但真要论来，并没有多大好处。

外来者在哪儿都是会遭排斥的，不一定是周遭的人，而是当界道法，它不接纳她。

尤其是这个人的魂魄天生有损，仙界即便有再多灵气，她也无法吸收，或者，即便是用什么方法勉强吸收也转换不了。

君迁子长叹一声。

可即便如此，他还是想把她留在身边。

魂魄有缺者入不得轮回，能让她以残魂化形，即便是君迁子，也真是费了许多力气。只是，能够成功化形，并不代表不会发生意外。只有看着，他才能安心。

也许这儿并不适合她，也许他不会照顾人，也许他陪不了她永远……可再怎么样，这十二年也过来了，如今只差最后三年，她的魂魄便可养全。

到时候，她要走也没有关系。

思及此，他的眸色一暗，最终轻轻叹出声来。

桑歌早晚是要走的，她不属于这里。

桑歌的记忆是从五岁开始的，在这之前的所有事情，她都没有印象了。虽说，在年纪尚小的时候，大多都记不住事情，但桑歌隐隐有一种感觉，似乎，她不记得那个更小的时候，并不是心智不足的缘故。

在她的记忆里，她见到的第一个人和陪伴她最久的人，都是君迁子。

她人生的第一瞬，是由一个睁眼开始的。

虽然已经过了很久了，可她总记得那一幕。

当时她头脑昏沉，自黑暗之中挣扎许久才醒过来。不想，即便是醒来也仍旧视物不清，一片模糊里，她只能隐约看见有人伸手过来，等那只手落到她脸上，才知道，那人是在为她擦汗。

她看见一个人守在她的榻边，像是看出她的不安，微笑安抚：“别怕，这是你的家，而我是你师父。”

“师父？”幼嫩的童声带着些许怀疑。

他微微一顿：“是，我是你师父。你前些日子摔着了，受了些伤，还需将养。”

“受伤？”

那时的她年纪虽小，却比如今的她还要不好糊弄，也不知道是为什么。真要找个理由，兴许便是当初的桑歌天生警觉，而现在她却已经完全信了他，不会多做怀疑。

“你是不是有许多事情都不记得了？”

她不答，只是执拗地盯着那张看不清的脸。

“你这几日反反复复，动辄昏倒醒来，每次醒来，都不记得之前发生的事情。”他沉了口气，“不过没有关系，都会好的。”

也不知是不是托了那句“都会好的”的福，在这之后，桑歌果然日渐好转，不多久便生龙活虎起来。真要说有什么后遗症，也只是这双眼睛。

时而清明，时而模糊，流泪的时候还很疼，真是烦得很。

不过也多亏了这个，每次师父对她生气，她只要揉揉眼睛，喊一声疼，师父便会立刻忘了之前发生的事情，转来关心她。虽然这样骗师父担心不好，但这是她最好用的一招，桑歌想，虽然愧疚，可她不能弃用啊。

否则要多担多少责骂？

那样真不划算。

便如现在。

“师父……”桑歌站在一堆被连根拔起的花草边上，“我不知道这是隔壁家种的仙果，以为是类似上次看到、能当小零嘴儿的果子……”她可怜巴巴扯着他的袖子，“师父，我错了……”

君迁子不言不语站在那儿，眉头拧得死紧。

“师父……”

她撇了撇嘴，眼睛一下红了。在眼睛红起来的同时，那儿传来阵阵刺痛感，像是有什么东西从瞳孔烧进了她的神识深处。

完了完了，装过了，眼泪竟真要出来了。

桑歌一下子无措起来：“师父，我……”

果然，君迁子立刻抬手覆上她的眼睛，无数的细小光点从他的掌心散出，顿时有丝丝凉意缓解了那阵灼烧感。

不久，桑歌眨眨眼：“谢谢师父。”刚刚说完，很快又低下头，继续认错，“师父，我下次不敢了。”

“罢了。”

半晌，他满脸无奈，开口。

而桑歌在内心欢呼一声，面上却越发乖巧：“师父，你原谅我了吗？”

君迁子更加无奈了些：“这些东西，你不认识，不怪你。”

桑歌强行压下自个儿上翘的嘴角。

“多谢师父。”

她偷偷抬起眼睛看看他的表情，却意外地看见了他眼底一闪而过的悲戚。

有些东西，她看不懂。

可看不看得懂是一回事，这关乎经历，找不找得出联系又是另一回事，这关乎智商。桑歌年纪不大，又被君迁子护得极好，经历自然少些，可脑子她还是有的。

大抵，师父又想到了那个人。每次她捂着眼睛装难受的时候，师父都会想到的那个人。

几乎是在这个念头生出来的同时，桑歌心底的那阵欢呼立刻便散去。

她知道，那是师父喜欢的人。

桑歌知道君迁子有一个心上人，只是一直不知道那个人到底是谁。

自打她有记忆开始，师父便一直同她在一起，日夜相对，不分朝夕。或许可以这么说，在桑歌的记忆里，除了她之外，再没有谁能让他这般上心了。

对于桑歌而言，也许是因为她不属于这里，也没人可以说话，所以，在她的世界从来只有师父。正因如此，她理所当然便认为师父同她是一样的。

然而，这个认知却在某天被打破了。

那是唯一的一次，桑歌哭得凄惨，眼睛红肿起来，君迁子都没有动容。

那一次，她动了一样东西。

不是什么大不了的东西，不过是一块灰黑色的石头而已，那石块上边有些裂痕，她也没有弄坏，仅仅是拿着看了一眼，却惹得他勃然大怒，几日不曾同她说话。这是从没有过的事情，甚至，师父会对她动怒这件事，她更是连想都没有想过。

可它发生了，仅仅是因为那块石头。

桑歌不知道那是什么，她只知道，自己碰着那东西的时候，指尖是很疼的，像是被腐蚀了一样，整个红肿起来。可即便如此，她也小心拿着，仔仔细细生怕摔了它。

在最初，师父冲她发怒时，桑歌还抱有幻想，以为他是心疼她伤了手指才会生气。

可惜，那只是她的自以为而已。

原来，师父的世界并不只有她一个人的，他最在乎的也不是她。

而最糟糕的是，关于“那个人”，她仅仅是猜测，仅仅是通过师父的仙僚们口中极为细碎的描述才稍微知道这么一个存在。除此之外，她什么也不清楚。

在有这个意识之前，桑歌一直活得懵懂而欢喜，不曾生出过其他情绪。在得到这个发现之后，她沉顿了好长一段时间，最后还是他发现和开解出来的。

他从来都能轻易读懂她，哪怕她可以掩藏了情绪，他也看得见。却独独这一件事情，她瞒他瞒得彻底，真让他以为是她成长时期偶有叛逆、情绪不稳导致的心情不佳。

大概是有了这个先例，在那之后，再遇见类似的事情，她便都是瞒。

虽然桑歌自己也不知道，自己为什么要瞒着他。

仙灵一界不分日夜，这片地方长年罩着暖光融融，只有绕过浮木泉，走到未名山后边，才能看见类似于凡界昏昼交替的景象。

这是桑歌最喜欢来的地方，却也是她最不该来的地方。

未名山后边就是银河，银河深处便是仙灵边界，偶有外界访者，无人引领的话，最多只能走到山前。边界处灵气稀薄，对于非仙灵界之人来说，压迫感是很重的，足够让人窒息。

可自从某次，桑歌悄悄跟着君迁子左绕右绕，知道了这个地方之后，她便时常偷摸着过来。身体受着压迫，心里却觉得亲切熟悉，桑歌靠在山石后边，抬头望一眼花树，顿了顿，起身一跃，就这么跳到了石头上。

这里的视野极好，轻易就能看得很远。

很适合等人。

桑歌的脑子里忽然跳出这么一个念头。

也就是在这个念头自己蹦出来的时候，她看见远方一袭青衫渐近。

“师……”

她下意识开口，又下意识在刚刚开口的时候噤声。

按道理，这么远，他不该听见。

却不料那人忽然抬头，直直望向这儿，迎上她的视线。

很奇怪，分明隔了这么远的距离，她却能清晰地看见他眼底的震惊。微风带起薄雾，覆上她的眼睫，她眨眨眼，再睁开，就看见师父站在了她的面前，衣摆刚刚落下而已。

“师父。”

她像是做错事一样，唤他一声就要下去，没想到脚下一滑，就这么跌入他的怀里。

“对不起。”

她还没来得及开口，便听见耳边传来一个声音。

他把手臂收紧：“那时候并不想推开你，也不是嫌弃你……那一声再见，我是希望能够再见的。”

桑歌微愣，这是什么意思？

恰时，有淡淡酒气自他身上散开。身为仙君，即便是佳果陈酿也难得喝醉，她想，师父会醉，或许只是因为他想醉。

可是，师父为什么会想醉呢？

今个儿又是什么日子，师父怎么会喝成这样，跑到这儿来？

她想了许久，却怎么也想不到，最后只能垂下眼帘。

或许是一个她所不知道，他却记忆深刻的日子吧。

桑歌顿了许久，抬起手，回抱住他。

也不知道是带着什么心思，她没有唤醒他，而是顺着他的话答：“我不怪你。”

话音刚落，她便被他一把拉开。

桑歌心惊，暗想，他不会就这么醒了吧？若是师父醒了，那恐怕要怪她，这般境况，也不知道装哭有没有用。

然而与桑歌丰富的心理活动不同，君迁子只是看着她，就这么看着，看不够似的。而桑歌就这样与他对视着，模样呆滞，像是想到了些什么，又像是什么也没想到。

良久，君迁子轻叹一声。

叹完之后，他拉着她坐下，靠在石头上。

“每次都是你等我。”君迁子的声音很沉很低。

桑歌没有听清：“什么？”

他不再言语，看了她一眼，忽然安心了似的。随后，头也慢慢垂下来。

竟就这么睡着了？

桑歌小心翼翼，时不时偷瞄他一眼，直到确定他是真的睡了，这才松了那口一直提着的气。余光一瞥，她看见他握着的东西。

是那块石头。

又是因为那个人。

她该说什么，居然又是因为那个人，还是果然是因为那个人？

桑歌鬼使神差伸出手，想去碰石块，不想，这样轻的动作，却一下子惊醒了他。

君迁子半梦半醒般睁了眼睛，桑歌屏息，紧张得不行。她还记得自己被训斥的那次，师父严厉的模样，和以往半点儿不像。她实在害怕。

然而，这次却不同。

君迁子望着她覆在石块上的手，模样竟是意外的温柔。然后，他把石块放在她的手上。依然是灼人的疼，桑歌有些握不住，却也不想放。

“疼？”

桑歌抬眼看着君迁子，这人分明还醉着，那神态感情却并不曾因此模糊。

她点点头：“疼。”

君迁子拿开石块，皱着眉头：“说什么碰巧捡来……但这东西，除却仙灵一界，任何外界生灵，碰着都不好过。我当时不清楚，可你不知道吗？”他摇摇头，满脸的不赞成，“知道疼还碰，疼得活该。”

此时的君迁子，看起来有些气，有些幼稚，握住她手的动作却很轻。

他缓缓施放灵力，不久便为她缓解了疼痛，即便到了最后，他撑不住醉意，又睡过去，那手也没有松开。

从乌云蔽月到破晓天晴，说起来并不长，睡一觉的时间而已。

但若是在外边坐这么一宿，那就没有这么轻松了。

桑歌等了许久，君迁子也没有醒。她好像有满肚子的话想和他说，心底莫名发堵，却也不想松开握着他的手。

即便她心里明白，师父想牵的那个人并不是她。

天光映在她的身上，自上而下，阴影笼住了她的眼睛。

半晌，她开口，声音像是被扼在喉咙里的，沙沙哑哑，叫人辨不出那话里的情绪。

她说："你都已经有我了，你怎么能对别人好呢。"

桑歌低着头，喃喃出声："你怎么能对别人好呢……"

她隐约知道不能这样比较，却忍不住想比。比过之后，发现，他不只是对别人好，甚至对那个人比对她更好。

或许，那个人就算犯错，也不需要装哭，师父还和她道歉，还为她疗伤。都是灼伤手指，对她是训斥，对那个人，即便嘴上不说好听的，但这份心疼，即便是瞎了也能看得出。

可他怎么能这样？

捡起掉落在旁的石块，桑歌咬咬牙，转头便往回跑。

而君迁子，在手上落空的那一瞬，于梦中皱了皱眉，却是始终没有醒来。

从桑歌的五岁到如今的十七，十二年的时间，于凡人足够经历一次成长，于仙君而言却不过一个俯仰而已，转眼即逝。在她之前，他不知曾度过多少个十二年。

然而，分明是这么短的一段时间，他却觉得长得不像话。

在这之前，他从没带过孩子，也不会带孩子，可就是这十二年，君迁子把一个什么都不懂的小娃娃慢慢拉扯长大。比起之前她因为魂魄涣散而昏迷、让他不得不时刻守在她身边输送灵力、日日不能歇的那五年，这十二年，竟更累些。

兴许是因为这个缘故，君迁子可以很清楚地分辨桑歌和她的区别。

桑歌不是她，桑歌是经由他手，搜集了她碎去魂魄拼凑出来的灵体化形出来的，从出生到现在，老老实实像个普通人一样长大。

除非这一世，她的魂魄安养好了，经历正常的生老病死，得了轮回的机会，才有可能换得她的回归。

君迁子从来都是很清楚的。

可即便再怎么清楚，在看见与记忆中一般无二的熟悉面容的时候，也还是会生出些许的错觉。尤其是喝醉之后，他循着曾经的脚步，跌跌撞撞往无名山走去，看见她的那一刻。

他真以为桑歌就是她。

但那不过是喝醉时的错认，一旦清醒，什么便都明了了。

酒醉时候模糊的一幕幕渐渐在眼前浮现，变得清晰。在想起那些事的同时，君迁子皱眉，脸色忽然变得难看起来。

不该喝醉的。

不该因为她的忌日而喝醉。

君迁子的脑海中忽然浮现出司命星君对他说的话。

那是她忌日的前一日，他在路上偶然遇见司命星君，对方从来都是开门见山的性子，说话不喜遮掩。遇见他，简单利落便是一句：“那个娃娃，你该送回凡界了，越快越好。”

君迁子微顿：“为何？”

司命摇头：“不可说，不可说，总之是祸。”

“关乎于她？”

司命继续摇头，面色却严肃了几分：“关乎你。”

君迁子莫名松了口气。

“可她也并非毫无牵扯。”司命大喘气完，又道，“或许该说，关乎你们。”

“此话怎讲？”

司命折扇一摇：“你问的可是天机，不怎讲，也不能讲。”他说完便想走，却在走之前收了折扇在他肩上一戳，“看在仙僚的情分上，我再多说一句。你现在送走她，再不相见，还能避。再晚些，便避不去了。”

君迁子低头：“多谢。”

司命欲言又止，最后低头轻叹：“送走她，你们便是再无相交的两条路，至少你还长远。留下她，你们便只能再一起走一段路。”他强调，“极短的一段路。”说完，也不知是想到了什么，他摇着扇子走了。

“言尽于此了。若还能再见，一起喝酒。”

君迁子望着他的背影，向来清冷的眉目之间，细看之下，竟是夹杂了几分忧惧。

这一届的司命星君性子惫懒，若非生死事，在他那儿，便是一个字都讨不到。

所以，许多人都打趣过，在他那儿，你听到的字数越少越安全，若是这辈子都打不到交道，那便是此生不需愁了。

君迁子从不关心其他，可这个说法他是知道的。

没想到，他也有和司命说上话的一天。

可是……送走她吗?

经过这么多年，她的魂魄已经不似最初，动辄就要裂开散去，却也并不算安全。他并不是要留她一辈子，他早就想过，三年之后，任她去留。

可他的打算是三年。

他并没有做过立刻分开的准备。

即便三年的时间，在许多仙僚眼里，不过一个眨眼罢了。

那日，和司命打过交道之后，君迁子回到住处，脑仁儿疼得厉害。

再之后，他衣袖一挥，手边便多了坛酒。

按说，都过了这么多年，经历了那么多事，不论旁人言语如何，君迁子都早该习惯了。但司命的那一番话，却像是捶在了他的心口。

想得有些烦躁，君迁子不觉又皱起了眉头。

恰是这时，他忽然感觉到一阵灵力波动，心下一惊，立刻从石边起身，在站起来的那刻，他身影一虚，眨眼间便回到了住处。被桑歌带走的那块陨星碎石随他多年，与他早有了魂识上的联系，即便不见，他也能感觉到它在哪儿。

倒是这丫头，真是不怕死，一个凡人，也敢握着那东西，也不怕伤及魂魄。

君迁子几步走到她的门口，越靠近那处，灵力波动便越加剧烈。他着急推门，却发现怎么也推不开。

不过是一道门，他用了灵力，却打不开。这明显不正常。

“桑歌！”君迁子已经许久没有这样明显的激烈波动了，“你还醒着吗？”

门内不知发生了什么，君迁子被隔在外，只能看见隐约的红光闪现。

“你听得见吗？”

与门外的君迁子不同，屋里，桑歌双眼赤红，表情却呆滞。那块陨星碎石华光大盛，而她就像失了魂一样，紧紧盯着它，盯得眼睛被灼出血泪也没有眨一下。

她好像看见了什么，又似乎只是被邪物迷了心神。

那样的场面是她所不曾经历过的。不管是二界相对的万人厮杀，还是坐在血泊里看着一族覆灭，都是她不曾经历过的。

桑歌愣愣地看着画面闪现，迷迷糊糊想到，她唯一能与画面中人感同身受的一点，或许只是在灵力阵携着杀气冲她斩来的时候，那被灵气大盛的阵法发出的光刺痛的眼睛。

如果她没有看错，画面里的人在临死之前就是被那光毁掉的眼睛，也正因那刺痛感顺着眼睛疼到了识海，她才会连最后的反抗都没有力气。

“玖凝——”

这个声音……

桑歌空洞的目光微微闪烁，这是师父?

她看见画面中的人朝着声音传来的方向侧过脸去，她也看见那个方向师父朝着这儿不要命似的冲来。

明明是那样端方冷静的人，竟也会有这样惊慌的一面，不只是人，连声音都在发颤。

此刻的桑歌有一种自己与画面中人重合的错觉，眼睁睁看着他向自己奔来，却也就是在他将近的时候，画面中的自己被杀阵击中，身躯化为灰烬，魂魄也被波及涣散。意识化为轻尘点点，她飘散在他的四周，能清楚地从每一个方位看见他的表情。

那样绝望的表情，真是君迁子会有的吗?

随着时间的流逝，她的眼前越来越模糊，意识也逐渐消退。

到了最后，她耳不能听，眼不能看，只觉得自己变得很轻也很散，下一刻便要消失在天地之间，再无痕迹。

却也就是这个时候，桑歌耳朵一动。

她隐约听见门被撞开的声音。

“桑歌……”

这道声音同方才环境里的呼唤重合起来。

她想，或许，她还没醒，这大概是另一重梦。

只有在虚幻的空间里，师父才会有这样的表情，才会这样珍惜且害怕地抱住她。在平时，师父都是很严格的，哪怕宠她疼她，对她也是很严格的。

她借着梦境壮胆，借着方才所见画面的震动，第一次抚上那张脸。这是她看了十二年的师父，是她所在世界唯一亲近的人。

君迁子按住她的手，被血色染了满手满脸。

“我……”

她挣扎着想发出声音，却被血沫呛得一阵咳嗽。

“桑歌，不要说话，师父带你去……”

“不。”她的手顺着他的脸往下滑，像是没了力气，却停在他的衣领上，执拗地扯着，不肯松手。

他顺着她俯身，不断施放灵力为她吊着那一口气。

她说：“我知道了，师父。”

他没听懂：“什么？”

“我、我知道了……”

这话没头没尾，来得莫名其妙，君迁子依然不懂，却顺着她道：“好好好，你先不要睡，桑歌，师父带你去找灵草。”说罢便将她一把抱起。

而桑歌双手绕着他的脖颈，极费力地拿脸蹭了蹭他。大抵真是心神消耗过大，整个人都恍惚，余下的那些话，她也不知道是只在心里过了一遍，还是真的说了出来。

师父，我知道了，虽然不多。关于那件你一直不愿意让我知道的事情，还有那个你不想我知道的人。

师父，她已经死了，而我还活着，你知不知道有句话叫“珍惜眼前人”？你不要再记着她。

随着精神上的不堪重负，桑歌慢慢昏睡过去，这种感觉很奇怪，仿佛在很久很久以前，她也这么睡过去一次。那一觉很沉很长，她不知道自己睡了多久，唯一的记忆，是她好像自睡着便再没醒过。

可这怎么可能呢？

若她不曾梦醒，又怎会有如今，又怎么会有这一刻的想法和感觉？

幻真时常难辨，但梦里的师父和梦外的师父，她还是分得清的。

桑歌知道自己闯祸了，从她拿走石块、被它蛊惑心智，从而失去意识陷入幻境的那一刻，她就知道自己闯祸了。

却还好，那石块不普通，差点儿要了她的命……虽然会生出这样的想法，似乎显得她脑子有点儿不正常，可桑歌却忍不住这样想。

还好，还好她差点儿死了，也还好她的命够大，离死还差了那么一点儿。

否则，她动了那石块，师父一定会责骂她，也许会比上次更加厉害。或者，就算不比上次更狠，也绝不会像如今，日日夜夜守在她的身边，有求必应，满是关切。

桑歌躺在榻上，闭着眼装睡，眼上覆着一只手。那手微微有些冷，盖在眼睛上却很舒服。或者说，是太舒服了。

也正因如此，她即便醒了，即便躺得难受，也不愿意翻身或是睁眼。

下意识觉得，只要她一直睡着，师父便会一直这么陪着她，无论如何不会离开。

她正这么想着，不期然便听见他的声音。

“既然醒了，就起来吃药。”

桑歌撇撇嘴。

师父总是这样，不管她是什么表现，总能一眼看出她的状态。

不情不愿睁开眼睛，桑歌刚刚起身，就看见君迁子另一只手上端着的小碗。有一种味道，只要闻着就知道是苦的，会让人忍不住皱眉，就比如这药。

“师父，我不想喝……”她半是撒娇半是赖皮，“我已经好得差不多了，不用再喝这个药。”

君迁子却不为所动。

他不言不语，只是端着碗，看着她，神色疏淡，却也意外严厉。

桑歌眨巴着眼睛望他半晌，最终妥协似的接过碗：“喝，喝就喝嘛……做什么这般表情，怪吓人的。”

与寻常人不同，君迁子的灵力于她并无太大用处，桑歌的身子是凡体无异，魂魄却不同，而她伤的碰巧不是身子，只是神魂。

故而，他即便给她灌进去灵力，也会很快散出来，因为她积不住。

也便是如此，他只能寻遍各地为她找来灵药，滋补神魂，稳固心魄，以防意外。

这么一来，忙碌和担忧之下，他顺理成章也就忘记了司命的嘱咐。

君迁子皱着眉头看她喝完了那碗药。

当然是很苦的。在端给她之前，他便先试过了，即便加了些别的东西掩盖灵草腥苦，那药也叫人难以下咽。

果然，桑歌和玖凝不一样。

若是玖凝，怕是宁死都不会肯喝这碗药。

她从来都是这样的。怕疼，怕苦，多走几步路都喊累，虽然他是真的不知道，灵体轻盈难乏，走路而已，到底是哪儿累了。

思及此，君迁子的眸子里又笼上薄薄一层暗色。

怕苦怕疼总是娇惯的小姑娘，也不知道，她在战乱中，是怎么撑到那时候的。

“师父，你在想什么？”

君迁子抬头，又是那副淡然清净的模样，仿佛之前的出神不曾存在过。

“师父明天带你离开。”

“离开？”桑歌一愣，“去哪儿？为什么？我不想走，我要和师父在一起！”

君迁子道：“你的身子受不住这里的灵气威压，我们去凡界。”说着，他望她一眼，像是在解释，“我不走，我同你在一起。”

桑歌喜滋滋又问一句：“师父会一直同我在一起吗？”

君迁子轻笑：“会。”

桑歌或许没有想到，自己真的这么轻易就得到了这样肯定的答案，一时间显得有些不可置信。

“真的？”

君迁子低了眉眼：“尽量。”

桑歌嘟嘟嘴：“尽量是什么意思？”

“尽量，就是虽然不知未来如何、天意如何、命运如何。”他说，“我都会尽力待在你的身边，护你周全。”

这样的一句话，称得上是份承诺了。

而诺言这种东西，从来都是很重的。

只是不知怎的，桑歌听了，却没有想象中开心。

毕竟，她希望他能在她身边，希望不和他分开，为的从来不是什么要他保护。她希望不和他分开，为的只是不和他分开，余的心思一点儿也没有。

她闷闷想着。

师父这样的人，从来读不懂别人的心情。

但很快又释然。

即便他读不懂，但她知道，师父重诺。既是如此，他话已出口，便该是不会再反悔了，她想，他一定会做到的。

而只要师父能一直待在她的身边，管他原因是什么，也都够了。

于是纠结反复许久，桑歌最终笑盈盈望他。

“喏，说定了，师父可要记住今日的话！”

君迁子微微颔首：“我记得。”

“嗯，我信你！”

桑歌和玖凝，君迁子习惯了把她们分开看待。哪怕在别人的眼里，她们是一个人，可他用不同的方式参与了她们的人生，扮演着不同的角色，从一开始，心态就是不一样的。

要区分她们，对他而言并不困难。

尤其，桑歌同玖凝的差别从来都是很大的。

谁都一样，面对不同的人，会有不同的态度，带着不同的情绪，说话做事，用的都是不同的应对方式。就像君迁子可以接受桑歌的死亡，却无法面对玖凝的离开。

作为一个人类，桑歌早晚是会老死的。

也只有桑歌安然老死轮回，玖凝才有可能再次回来。

大抵因此，君迁子总是认为自己对桑歌有些亏欠。

毕竟，他对她好，从来都有目的。

如果没有什么意外，这份不好言说的感觉，应该被他死死抑在心里，或者，即便压抑不住，至少不能让它跑到脸上。然而，意外这种东西，说不准。它可能是一件事，可能是一句话，可能是谁无心投来的一瞥。

也可能，只是在她仰着头，带着孺慕之情对他说出“喜欢”这两个字。

这个时候，这份亏欠感终于化形为刺，扎进了君迁子心里。

于是他想，对她好点儿吧，再好点儿，什么话都顺着她，什么事也都顺着她。或许，这样能将感觉减淡些。

捧着满怀的小零嘴儿，差点儿手指上挂着的油纸包就要掉下去，桑歌刚刚来得及低呼一声，转眼就看见君迁子身手敏捷接住那个油纸包。

“这个糖糕没碎吧？”她着急探过去。

君迁子不答，却是用另一只空着的手戳了戳她的脑袋：“吃你的。”

她顺势在他的手心蹭蹭：“所以碎没碎呢？”

君迁子无奈：“没有。”接着又从她的手上接过几样提在手里，“慢慢吃，拿不下就给我。”

长街之上，眼前人青衫墨发，微微低着头，暖光如薄雾洒下，漫在他的身周，将他整个人都笼在里边，显得极为柔和。而桑歌就这么看着他。

“怎么了？”

君迁子抬眼的那一瞬间，桑歌竟以为自己看见了一汪清潭，粼粼烁烁，叫人沉溺。

她眨眨眼，仰着头，笑意盈盈。

“没什么。”她下意识开口，顿了顿，又接一句，“只是忽然觉得师父真好，果然，我最喜欢师父了。”

她费力地将所有小零嘴儿都挪到一只手上，空出另一只手来比画。

“这——么喜欢！”

这动作有些孩子气，而孩子说的话，多半是不能当真的。君迁子借着整理手中东西的动作，微微低下眼帘，掩住眸中情绪。

他对自己说，这个年纪的喜欢，实在来得简单，一串糖葫芦、一份白糖糕，都可能成为喜欢的理由。拿手比画出来的长度，不管是说多了还是说少了，从来都是不可靠的。

这么想着，却没有反驳她说的话。

“嗯，师父知道。”他应了一声，不一会儿又道，“这么开心，是不是因为第一次来人界，觉得新鲜？”

谁知，闻言，桑歌的情绪一下子低落下来。

她瞥了他一眼，本想寻些什么，却最终什么也没有寻见，只能越发失落。

“不是第一次，你带我来过的。”

来过？君迁子想了想：“什么时候？”

“小时候。”

君迁子的神色有些怪异：“你现在就很小。”

不想桑歌的情绪忽然激动起来：“现在我已经不小了。”

他摇摇头，不置可否。

过了许久，两人并肩走过长街，行至巷末，桑歌憋不住似的再度开口。

她满脸认真：“师父，我已经不小了，我、我……”她想尽办法为自己的话作佐证，“我能够分辨很多东西。”

君迁子认真看她：“比如？”

她欲言又止，最后赌气似的：“没有比如，就是很多。”

果然，还是个孩子。

君迁子在心底叹了一声，只当她嘴硬，没再多问。

反倒是她不依不饶，闷闷低声：“师父，我都说了我不小了，但你为什么不信呢？”

“师父没有不信，只是方才没有发现，现在仔细看看，桑歌果然早就长大了，已经不是小孩子了。”

明显的敷衍。

桑歌越发气闷，却找不到言语反驳，纠结半天才问出一句自己都觉得不明所以的话。

“那你为什么看不见我？”

他没多想，只是笑着摸她的头，像小时候那般哄她。

“师父一直看着你，这么多人里，就看你看得最多。”他从怀里掏出银钱，“喏，前边那个摊子的小食闻起来很香，去吧。”

那些银钱她没有接。

“你是不是一直把我当小孩子的？”

他笑着摇头。

怎么是当呢？分明她就是个孩子。

半晌，她再次开口，却是重复了之前的话：“师父，这不是你第一次带我来人界了。”

君迁子不知道她为什么对这个这么执着：“嗯？”

“虽然那次只来了一日，可你还带我喝过粥的。那碗粥里有虾仁和碎肉，熬得软烂清香，吃完之后，你还给我买了糖葫芦。”她说，“可你都不记得了。”

咬了咬下唇，她像是委屈：“是你不记得了，是你弄错了，我才是对的，可你总是不愿意好好听我说话，不愿意想我说的这些东西。”

在君迁子的眼里，这情绪来得可以说是很莫名其妙了。

他经历这么多年岁，不可能每一桩曾发生的事情都记得。尤其这十几年里，君迁子事务繁多，尤其是关乎于她，不只是她魂魄躯体，还包括为她隐藏灵息、隐瞒身份……

这些年，他不知道处理了多少问题。

来没来过这个地方，有那么重要吗?

“哦？那大概……是为师忘记了。”他佯装记起，“似乎真有这么一回事。”

桑歌低着头，也不知道在想些什么。

君迁子见她这模样，刚想再安慰她几句，却忽然感觉到了几分异常。

他转身，抿了嘴唇。

若是不错，这个波动该是他久寻不见的一味灵草，那灵草唤作归魂，顾名思义，对于神魂一面的缺漏最有益处。而要彻底补缺桑歌的神魂裂缝，归魂必不可少。

只可惜它久存人世，早已有了灵识，知道规避危险，十分难觅。

如今好不容易有了感应，他自然急切，于是安慰桑歌的这个念头很快被寻灵草所代替。

“你先回住处，为师去去就来。”君迁子把东西交回她手上，脚步一点便消失在原地。

而桑歌就这样站在那儿，憋了一肚子的话似的，张张嘴，却是一个字都没有说出来。

师父一直是这样的，随时都在她的身边，却也随时都有可能离开；对她严厉，也对她体贴。他好像什么都让着她，好像说什么、做什么都是为了她，却从不肯真正去听她看她，想她所想。

桑歌想，他甚至可能从不曾真正理解过她，正因如此，所以，哪怕只是一件小事，两个人也往往有很大分歧。

很多次，她想和他把话挑明，把自己的心情说清楚，也告诉他，自己大概能猜到他的想法。可他总是不愿意听，不愿意理，轻轻巧巧几句话带过去，好像是她在胡闹。

“去去就来，每次都是去去就来。”

怀里的油纸包冒出糖糕的香气，温温热热、软软糯糯，她却忽然一点儿胃口也没有了。

“可你就算来了又有什么用，不过是看起来陪在我身边而已。”她吸了吸鼻子，委屈的感觉越来越重。

“对那个人，一定不是这样的……”

桑歌只觉得鼻子和眼睛都有些酸，可即便如此，那也比不上心底酸楚。

站了许久，她揉揉眼睛，转身离开。心道罢了，左右现在师父不在，她想什么也都没有用，难受也等不来师父安慰，既是如此，还是乖乖回去，等师父回来的好。

桑歌带着自己的小心思，慢慢离开。

她并没有发现，巷尾一人闪身而出，在盯了她一会儿之后，玄色衣角划过周边细枝，上边的赤金色水纹几乎要淌下来。几片嫩叶落下，接着，风声忽起，而那人就这样消失在了风里，再不见踪影。

第六章

◆ 邪 族 王 女 ◆

听说我曾是邪族王女，听说我已经死过一次，听说那一个我曾经也爱你。

君迁子分明是寻着归魂气息而来，却是到了目的地也没有看见半分灵草的影子。他皱着眉头四顾，原本的惊喜慢慢平复下来，也是这个时候，他才发现不对。

周遭的竹林慢慢褪成水雾般的虚影状，透过这半透明的幻象，他隐约能看见藏在后边的冰晶矿台。那冰晶矿台不住往外散着灵力，却并非补充，而是抑制。

它能够将来人的灵力反回对方身上，虽然对方依然可以施展，可他一旦多试威压，反噬在自己身上的便是成倍的疼痛。

这里是……

他的心神一紧。

这里是青元宗！

六道三界，各有规矩。既然有规矩，便自然有管理刑罚的人，而仙灵一界执管此类的便是青元宗。

可他怎会被引来这儿?

也是这个时候，自冰晶后边走出一个人，墨衣云纹，同色腰封，暗金发冠，从头到尾一丝不苟。君迁子不认识这个人，却认识这装束。

“仙使？”

那人看他一眼，打招呼似的微一点头。

君迁子先是一惊，很快又淡定下来：“此番引我前来，不知仙使所为何事？”

对方言辞简洁：“归魂。”

君迁子心知这桩躲不掉，大脑急速运转，正准备编个理由，却不防对方再度开口，吐出一个名字。

“玖凝。”

仙使自开口始，便一直仔细观察君迁子的神色。

君迁子心底清楚，故而，即便心里波动再大，面上也始终不曾显现半分。

他笑得淡然，像是真的不解：“仙使这是何意？”

“仙君的那位徒儿，便是邪族王女玖凝。”

仙使用的始终是陈述的语气，没有起伏也没有强调，只是这么说着，却偏生言语笃定，像是已经有了证据一样。

君迁子敛了笑意："话可不能乱说。"

仙使走近他几步，依然是那张不近人情的脸："是不是乱说，仙君把徒儿带来这青元宗，验一验神魂波动，自然也就知道了。"

闻言，君迁子微微沉默。

"哦？"不久，君迁子颔首，"的确，这是最简单的方法，让她来一趟也不是什么难事。只是我徒儿凡人身躯，近期恰巧被陨星碎石伤了灵窍，要验这神魂，怕她承担不住。"

仙使皱眉："这么巧？"

"哦？"

陡然间，他气势一凛。

"怎么，仙使这是不信我？"

对方不言，脸上却写明了，就是不信。

"既然不信，也没什么好谈的。"君迁子说完就要走，然而，没走两步便被拦下。

"仙使这是何意？"君迁子不动如山，神色冷峻，"我不知道仙使是从哪里得来的这消息，也不知道仙使怎么就这般确定，可即便不知也莫名，身为仙灵界中人，我仍是配合青元宗的动作。只是仙使从头至尾，惜字如金，既不多做调查，也不同我言语，如今无话可说，却也不放我离开……怎么，这便是青元宗的理事之法？若是，那么今日领教了。"

他大袖一挥，睥向仙使，浑身气势立变，让人莫敢逼视。

君迁子平素谦和清疏，尤其是养了桑歌之后，整个人越发温和了起来。这样久了，倒是让人以为他真就是个软性子，忘了他曾是仙灵一界名声极盛的仙君，而那名声，全是一场一场战出来的。

君迁子灵力威压稍稍外放，那位仙使几乎是同时，感觉到自己的心窍被震及，说不上疼，但压迫感极重，自然不舒服。他强忍着难受："仙君可要知道，这里是青元宗。"

"倘若这里不是青元宗，你以为你还会好好站在这儿？"他怒气稍过，将威压稍稍收敛了些。

按理说，那仙使被震及心肺，一秒都难挨，而君迁子承担着双倍反噬，应该不会比他好受才对。然而，君迁子却是一副无事的模样，不论是说话还是表情，始终淡然。

顿了顿，君迁子转过身来，轻叹一声，无奈似的："我那徒儿不过一个凡人，出生时候碰上我下界寻机缘，因此被伤及神魂，也便是如此，我才一直将她收在身边，悉心照料。若她真是什么邪族王女，我也用不着费这么大工夫，为她安养魂魄。毕竟，谁都知道，邪族神魂强大，轻易伤不得，而若伤了，便是逆天反道也难补回来。不是吗？"

仙使稍作平复，却仍然坚持。

"万物万灵，玄之又玄，关于哪一族发生了何事之后，会如何、该如何，谁也不知道。今日用这法子引来仙君确实不妥，却也希望仙君见谅。既然依仙君所言，那位姑娘伤了神魂，那么，这检验等阵子就是。”他微顿，“今日得罪了。”

君迁子的脸色没好多少，不应也没有拒绝，就这么离开。

他虽不知青元宗是从哪里得来的这消息，但经他试探，他们应该也还没有确凿的证据，只是怀疑而已。毕竟，便如他所说，要复原邪族神魂，几乎是不可能的事情，就连最初的他也只是抱着试试的心思。

不过，对于青元宗而言，即便只是怀疑，也足够人受了，尤其是在这样的事情上。仙灵界和邪族本就不和，交战之后，便有了更大的仇怨。

“咳……”

想到一半，君迁子心窍一紧，喉头忽然涌上一阵腥甜。他捂了捂心口，先前强装无事，将自己绷紧，倒是未曾察觉，反而现在猛地松懈下来，也会觉得有些疼。

站停，待得那阵疼痛缓解下来，他才终于呼出口气。这才发现，自己的眉头皱得这样紧，紧得连额心都是酸的。可他没有办法休息。

青元宗虽然没有从他这儿套出来消息，很有可能，他们会放更多的时间在桑歌身上。而桑歌如今毫无自保能力，还有，她现在是一个人。

一个这么小的姑娘，被他捧着长大，最重的也不过就是责骂几句，什么也不曾经历过。

她要碰见什么事情，该有多害怕。

从青元宗一路疾行，君迁子的速度很快。

可即便如此，待他回到人界，却也是三日之后了。

站在暂时落脚的小院外，君迁子因为灵晶矿台反噬的缘故，显得有些虚弱。他站在门外，还没来得及整理，便看见桑歌从门里蹿出来。

她蹦着跳着扑向他，两只手松松挂在他的脖子上。

“师父，你终于回来啦，我还以为你不要我了！”

她抬头看他，身子往后仰，手上却圈得死紧。若是寻常，君迁子并不会有什么感觉，可这时候他被那反噬吞得几乎灵力虚空，内脏也被挤压得厉害，仙灵矿台威力巨大，在这样的情况之下，恢复起来是很慢的。

于是他拍拍她的手：“下去。”

“我不！”桑歌反而把手圈得更紧了些。

君迁子轻叹：“一个人在这儿，害怕？”

“怎……”桑歌条件反射想说什么，话到嘴边又转了个圈儿，“怎么不害怕呀？我都害怕死了，怕得睡不着觉！师父师父，你看，我的眼睛都熬红了。”

君迁子果然便顺着她的话望向她的眼睛。

然而那双眼透亮，血丝都没有，怎么看也不像熬红的样子。

桑歌大抵是也想到了这个，悻悻松开环住他的手，吐吐舌头挠挠后脑勺：“嗯，前天熬红了，怕师父回来看着担心，昨晚上抓紧时间睡了一觉。我从来都很贴心懂事的不是？”

她揪了揪手指，歪着头对他眨眼。

而君迁子只是笑。

“是。”他摸摸她的头，“桑歌从来都很懂事。”

桑歌闻言，笑得喜滋滋的。

君迁子对她从来不吝夸奖，有时候很是认真，有时候只是随口，但不论他是怎么表达，只要他有这个意思，她便都很开心，止不住地开心想笑。

她扯着他的袖子摇了摇：“对了，师父！我刚好熬了粥，正准备盛出来，是不是很巧？我也觉得很巧！唔，虽然师父不用吃东西，但既然回来了，不如陪陪我？”

君迁子轻一点头。

桑歌一下子便笑弯了眼睛，好像之前念着“等师父回来就找他算账，离开之前，他说的那些话可不能算了，毕竟是他害她难过了那么久，该说清便要说清”的话都不作数了似的。

在他离开的时候，她觉得难过，觉得委屈，觉得他从不理解她，可真正等到他回来，她又想，她的师父这么好，那些乱七八糟的东西，哪有什么好谈的？还不如吃饭重要。师父啊，她能看着他就很足够了。

于是桑歌牵着君迁子，坐在院子里，她将洗干净的小勺又洗一遍，递过去，满眼期待。

而君迁子接过，舀了清粥慢慢地吃：“不错。”

也许生在世上，每个人多多少少都需要掩饰一些东西，说完全不会，那也不大可能。可她在他面前从来都没有防备，是什么心情就是什么心情。

除却嫉妒，她从没有瞒住过他任何东西。

她的所有情绪都牵在他的身上，他能轻易将之左右，一直如此。

君迁子想过带她离开，可仙灵界有万种神通，青元宗有无数手法，便是要逃也走不出这六道三界，他们能去哪儿呢？徒落人话柄罢了。

青元宗本没有证据，他这一走，怕便就是直接为之送上了证据。

在有更好的办法之前，倒不如好好待着，自己过得轻松，也松一松对方的警惕。

至于那验魂，对方没有证据，便不能强硬将人押走，否则，他便有道理回击了。

酒肆里，君迁子不住打量柜台处的老板娘。

那女子穿着普通，生得却艳，他探过去，隐隐是邪族的灵息。

消息这种东西，只要有一方知道了，与之相关的另一方便早晚也会知道。哪怕是机密，哪怕尚不能确定。这个世界上从没有什么能够完全守住不泄露的事情。

桑歌借着端花生米的动作将君迁子的目光遮了个严实，她拦在他和那个女子之间。

“师父，你在想什么？”她边说，边状似无意地回头瞪了老板娘一眼。

而后者却只是对她微微一笑，接着便转过头去，再不理会。

桑歌有些气闷。

君迁子平静道：“无甚。”

“呀，师父！”她忽然低呼，“你的袖子沾了酒水，我帮你擦擦！”

桑歌说着就挨着君迁子坐过去，然而，还没等她碰到那抹衣角，袖上酒渍便不见了。

君迁子瞥她一眼，没在乎太多。

此刻，他想的全是那个邪族女子。

邪族与人界并不搭边，若非要事，极少出没于此。况且那个女子灵息极纯，该是个有本事的，事实上，若非她愿意，他甚至没有把握，自己一定能辨得出她的身份。

君迁子的目光在她和桑歌之间微微流转，掩眸，端起酒盏。

莫非……她是为了玖凝来的?

“师父，我的头忽然好疼啊……”桑歌苦着脸，扯住他的衣袖一摇一摇，“我们回去好不好？回去吧……走了走了。”

君迁子被她晃得只得放下酒盏。

这人出现得奇怪，身份也不明，虽与玖凝同为邪族，可哪一族内是没有争斗的？尤其玖凝还是王女，牵扯颇多，难得说清。不是所有得知消息立刻赶过来的都是出于关心，眼前之人，未必是同路人。

“师父？”

君迁子无奈：“走吧。”

说完便起身准备带人离开。

然而，那女子却忽然过来。

桑歌下意识想再拦一拦她，君迁子却是将桑歌往身后带，挡在了前边，面向来人。

那女子巧笑：“公子方才，看得可还满意？”

邪族女子天生明艳，不必故意作态也带着些许魅意，更何况这女子说话轻柔婉转，若是寻常男子，或许真被她一句话就能酥软了去。这一点，君迁子明白，桑歌却不知道。

所以，桑歌站在君迁子身后，那叫一个复杂。忍不住想，说话就说话，这样娇滴滴还语意不明的，是在干什么呢？她自己也知道自己是想得太多，却按不住心思胡跑。

桑歌撇撇嘴，她的师父这样好，哪儿都好，放在什么地方都能叫人一眼看见，这个她是知道的。有时候她很喜欢和师父出去，去每个不曾去过的地方，可还有些时候，她觉得和师父留在仙灵界就很好。

那里人少，只有她能看见师父，师父大多数时候，也只能看着她。

与桑歌的胡思乱想不同，君迁子没想太多。

他低声向对面说道：“烦请让路。”

“哦？”女子蹙眉，“公子方才不是还好好的，怎么忽地这般冷淡？”

桑歌在心里偷笑，冷淡就对了！不对不对，或许还该更冷淡些，师父就不该理她，直接离开就好，话都不用多说一句，反正说了也没什么用。

那女子眼睛一瞥，看见他捏在掌中随时可发的诀。

“公子这是对我防备？”她退后几步，是一副泫然欲泣的模样，“奴家一个弱女子能做些什么？公子怕是多虑了。”

说话间，她竟是忽地散去身上所有防护，甚至连灵息都减弱许多。随后，女子捏出一方巾帕，看起来并无异常，内里却蕴含着巨大的玄秘。

那不是普通帕子，是她用化形术伪造出来的元魄。

在将它抽离出来的时候，女子的脸色白了白，比之前看起来更让人有保护欲。

“这是奴家的诚意，不知公子收是不收。”

君迁子微微一顿就要接过帕子，然而桑歌动作飞快往前一蹿，不想女子反应敏捷，瞬间侧步一移，顺势就倒进君迁子怀里。他下意识扶住女子，倒是没顾得上桑歌，待他手中被塞进那一方巾帕，回头就看见桑歌踉跄着往前扑，若不是最后被女子用灵力一阻，差点儿就要摔倒下去。

女子半倚在君迁子怀里，面向桑歌，微微皱眉：“这帕子暂时可不能给您。”

暂时？您？

桑歌没有听真切，君迁子倒是听得仔细。他一时间做了许多考量，最后想着，不论真假，既然对方愿意交付元魄，至少可以一谈。

“桑歌，你先回去。”君迁子将怀中人推开了些，那帕子却被他收了起来。

桑歌本就有些委屈，听见他这句话，更是委屈得厉害了。

“我不！”她往前一步直接揽住他的腰，用了最大的力气，箍得死死的，“要走可以，我们一起。”

君迁子揉了揉她的头：“别闹，你先走。”

桑歌不听不看不说话，就这么抱着他。

君迁子无奈，在她后颈点了一点，很快，原先还闹腾的人就这么安静下去，仿佛一瞬之间趴在他怀里睡着了似的。他调整了姿势，将人打横抱起，随即睥向女子。

那女子倒是没有别的反应，稍稍一顿，一个响指，热闹的酒肆立刻被雾气掩盖，待得雾气散去，这儿已经是空无一人。

酒肆依然是原先的样子，里边的气息却与外界隔绝开来。

望了一眼君迁子身后，女子躬身退到一边，低着头，敛息恭敬唤了一声：“主上。”

在听到这一声的时候，君迁子的第一反应就是有埋伏。

然而，这个念头在他看见来人的脸之后，立刻便打消了。

“好久不见。”玄衣男子身形一闪已经站在了君迁子身前。

那双眼睛极冷，给人的感觉像是被霜雪覆盖的冰原，只单单被盯着，都叫人觉得一阵寒意。君迁子与这个人不熟，可他不会忘记这双眼睛。

君迁子唤出个名字：“应清遥。”

“难为仙君还记得我。”

“阁下于我有恩，自当记得。”

“仙君错了。”应清遥将目光投向桑歌，依然是那样冷的一双眼，没什么变化。

也许，只有被他注视的人才能感觉到那里边带上的一抹温情。

“当年会那样做，我并不是为了仙君。”

君迁子警惕心极重，很难轻信于谁。可他信应清遥。

而会相信应清遥，是因为一件事。

当年仙灵界与邪族一战结束之后，因为玖凝的死，他曾消沉过好一阵子。那时候，他虽然在最后一刻赶赴玖凝所在之处，却终究只来得及看见她被打散魂魄的那一幕，费尽心思也不过捕捉到几缕细小的神魂。

那魂很散，连融合都没办法做到，更别提修复完整。

当时的君迁子有些茫然，战事结束之后，他仿佛成了一具躯壳，整日只知道待在无名山的花树下，如同曾经的她，一日日等着那个不会来的人。

君迁子便是在这样的情况下遇见应清遥的。

那日，一男子来到花树下，见到君迁子，张口就是一句：“你在等玖凝？我有办法让她回来，只是会有凶险，你可愿意与我合作？”

他身着玄色衣袍，领边是暗红色，绣着赤金流水纹，是邪族之中，王族的打扮。

“你是谁？”君迁子问。

“如果玖凝不曾退婚，现在我便该是她的夫君。”他的眼神冰冷，“我叫应清遥。”

君迁子当时心神不宁，意识涣散，本能的不轻信却仍在。

“所来为何？”

“救她。”

“我该怎么信你？”

“你当然要信我。”应清遥摊开掌心，那上面是不大不小一个印记，“虽然她退了亲，可我早将自己的神魂与玖凝的结了契，只要我不死，她便能活下来。”

君迁子心下震惊，虽然只是一个细小的可能性，虽然这人说的话很值得怀疑，可绝境里的人，哪个不是但凡有一点儿的希望都会欣喜若狂的？

他声音微颤：“可邪族神魂，但凡破碎，便不可能弥补。”

“王上之所以将她许我，正是因为我们这一族的特殊。”应清遥道，“家祖曾通大道，得异法，我族血脉特殊，辅以家传法则，可重塑魂灵。传至如今，虽然丢失许多，可我族后人依然……”

“所以，你真的可以重塑玖凝魂灵？”

君迁子截断他的话，眼睛眨也不眨地盯着他手上绑了玖凝魂灵的契印。

“可以，但这需要很多时间，而玖凝的魂灵撑不住了。”

君迁子定了定心神：“该怎么做？”

应清遥对上他的眼睛：“虚空幻界。”

当初，应清遥的那番话并不算是毫无遗漏，若是放在寻常，君迁子未必会这样轻易信他。可那不是寻常时候，也不是任何时候，他什么也没有想，什么也来不及多想。

不过几句话，不过一个无法印证的契，君迁子只看了一眼、听了几句，便信了。

却也还好，他没有信错。

之后，君迁子佯装闭关，真按照应清遥的说法，去了虚空幻界。

在去那儿之前，他思来想去，最终将陨星碎石的威压强行封印，把她的神魂好好安放在碎石里。这东西无比坚固，又内含玄机，神兵也破不坏它，没有什么比这更适合保存她的神魂了。

当时，君迁子甚至还想过，假若自己出了什么事，没能活着走出来，有这碎石护着她，或许也能安稳等到应清遥来寻，不至于有别的意外。

虚空幻界是存在于时空裂缝之中的一个地方，传说，在上古之时，天地尚还混沌的时候，那个幻界就存在了。或许是年岁久远，那入口很难寻到，众人只知道它存在于现今的仙灵界中，但要找到，还是需要很大一番工夫。

如果这世上有一个地方是永恒不变，一定就是那儿，因为那里根本就没有什么所谓时间的概念。简而言之，不论里边过了多少岁月，在幻界之外，都不过一个眨眼。

听上去似乎不错，可事实上，那里边极为凶险，进去不易，出来更难，谁也不知道会遇见什么。

修复神魂需要许多时间，而玖凝没有那么多的时间，既然如此，那么，她神魂的修复，便只能在虚空幻界里进行。

当年艰险，已经过去，不必再提。

比起那些，君迁子印象更深的，却是进入幻界之前，他问应清遥的那句话。他问的是他为什么这么做。

是啊，为什么呢?

彼时，应清遥微顿，顿后抬首，依然是那样冷着一双眼。

“你不愿许她，可她变过吗？”

不曾。

君迁子低了眼睛，摇摇头。

她不曾。

可有一点，应清遥说错了，他从不是不愿。如果可以，他也想许她，依她所说，许下生生世世，许下天老情长。

但他能吗?

不能的。

不能就是不能，没有道理可讲的不能。

——当年会那样做，我并不是为了仙君。

是啊，虽然进入幻界的君迁子处境凶险，可身处在外敛住神息为他们护法的应清遥也好不到哪里去。身在幻界之外，神魂与他们相随，将肉身与魂魄生生剥离、分隔两界，应清遥并不会比君迁子好受。

而他当然不是为了君迁子。

“是了，你是为了桑歌。”

“是玖凝。”应清遥朝他伸手，意味明显，“仙君该不会真当玖凝是徒儿了？”

君迁子低头，怀中的人睡得很熟，是没有防备的模样。

“如今仙君身边已经不再安全了，虽不知是为何，可青元宗既然已经介入，玖凝的境况实在危险。”

“你想如何？”

“接她回邪族。”

“邪族？”君迁子沉默片刻，“可她不是玖凝。”

“她就是玖凝。”应清遥道，“玖凝要如何才能回来，这一点我同仙君一样清楚。这一世的她会老会死，没有记忆，可不论是这一个她，还是待她轮回之后才能回来的她，她们都是玖凝。”

君迁子将嘴唇抿成一条直线。

所有人都说她是玖凝。

青元宗如是，应清遥如是。

但对于他而言，她是桑歌，对于她自己而言，她也是桑歌。

君迁子下意识想将她们分开。

玖凝的身份注定了她无法轻松过活，哪怕她天生洒脱明媚，偶尔也会有不堪重负的时候。而既然这一世她注定了没有记忆也活不长久，那么，至少让她在当下开心些，像是普通人一样，安安稳稳走过这一生。

他并不希望，这样短暂的一段路，她也要被牵扯进那样沉重又混乱的过往里。

桑歌现在就很好，偶尔耍耍小脾气，偶尔撒娇孩子气，什么也不曾经历，什么也不用经历。这样很好。

君迁子也一直希望，她能够继续这样好下去。

“青元宗的手段，仙君不是不知道的。”应清遥逼近他，“更何况，仙君寻了这么久，也没有找见归魂。难不成仙君是想看着她神魂破裂吗？”

眨眼的时候，君迁子轻颤了一下。

青元宗，仙灵界，归魂……

不论是哪一点，拿出来，他都在意，都未必应对得来。也许，在这个当下，把桑歌交给应清遥，的确是最好的方法。

“你是说……”君迁子抬头，眸光平静，“你有归魂？”

“你以为这些年我在做什么？”

君迁子点点头，辨不出情绪。

“好。”

他将熟睡的人交到应清遥手上，依然是那样没有防备的睡脸。这一刻，他忽然想起桑歌小时候的事情。

那时，她很爱闹也很爱哭，但她一流泪，眼睛就疼，一疼起来，就更想哭。而每次她哭的时候，他都很难哄住。

他也没有带过孩子，也曾经手足无措，满是慌乱。

起初不知道怎么对付，后来有了经验，只要她撇撇嘴，他就抱着她，到外边转一圈，带她看仙草灵花，一株一叶指给她，分散她的注意力，在她的眼泪流下来之前就开始哄。大抵因为这样的日子过得太久，隐隐成了一种习惯。

现在的君迁子，再面对桑歌，便也总下意识去依着她顺着她。一个原先清疏冷淡、话都难得说几句的仙君，硬生生被改造成了现在这般的温柔模样。

说起来也是很难得的。

他深深看了桑歌一眼，旋即转向应清遥："邪族真能护住她？"

"邪族有情，对于王女，自会倾尽全族之力。"应清遥顿了顿，"那是族内的意思。而对于我，哪怕我死了，也会护住她。"

君迁子点点头："好。"

"对了，她性子执拗，若是醒来，怕要闹的。这个东西给你，等她醒了，你给她看，她会信你。"

一个好字，一样物件，就放手了，看起来轻易得很。

却没有人知道他心底的想法和感觉。

"那我走了。"

应清遥似乎没有想过他会这样干脆，愣怔片刻，在他转身之后，忽然开口："这些年，多谢。"

多谢？

君迁子想笑，牵起嘴角，却是苦笑。

桑歌是他的徒儿，玖凝是他的心上人。他护着、照顾着，怎么都是应该的。什么时候需要别人替她来谢他了？这句话真是有意思。

真是有意思。

君迁子让应清遥带走桑歌，自己在凡界晃荡许久。

不知道经过了几个日夜更替，最后，是一个人挡住了他的路，他才停下的。

“敢问仙君，您那徒儿现在何处？”

墨衣云纹，暗金发冠，是仙使。

“何处？”君迁子摇摇头，“不知。”

仙使语气不善：“不知？”

君迁子淡然道：“不知。”

“既然如此，便烦请仙君同我们走一遭了。”

君迁子不答，只是静静望着来人。他看似望着仙使，目光却空泛，也不知是在想什么。

过了许久，他才终于再度开口。

他说：“好。”

今日恰逢既望，天边月明如镜，圆盘似的，却被一弯如刀薄云从中割裂。

星子缀在四周，像是月亮被割开之后留下的渣滓和血点。

没有什么是圆满的。

而另一边，桑歌睡得很不安稳。

眼前有光，身边无人，她总觉得好像少了什么东西。

是的，少了一只手。

在她睡觉的时候，为她遮住光的那一只手。

“师父……”

于睡梦中呢喃着唤出，若是寻常，君迁子应该很快就会过来。或者为她掖一掖被角，或者为她理一理额发，轻轻答一声“师父在”。如果外边有光，他该为她遮住的。

可今天没有。

桑歌挣扎在半梦半醒之间，脑子晕得一塌糊涂。

迷迷糊糊地，她像是做了个梦。

梦里，她只是一缕魂魄，被他养在之前她碰过的那石块上。师父带着她，每日每日游走在一个陌生的地方。

那里几乎能算得上危机四伏了，说不准什么时候、什么地方，就要蹿出来一个什么东西。可就算如此，她也一直被他揣在怀里。遇见什么，他都挡了，哪怕自己伤得骨头都露出来，那血也不愿溅在石块上边。

养到最后，也不知怎么回事，她慢慢就失去了意识，而等到后来化身为人，自然也就完全忘记了这份过往。

只是，脑子忘记了，身体还记得。

她还记得那个怀抱温热，那些话语清和，那抹笑意暖融。那些年里，她安然度过，哪怕有再多意外，她仍被他护得那样好。

日日夜夜，安安静静窝在他的心口处，没有半点儿的烦忧。

师父，又是师父。

不论是梦境还是现实，她都只有师父。

可是，有师父也就够了。

“师父……”

她再度唤了声。

“你醒了？”

桑歌自梦里醒来，看见的是一张陌生的脸。

那人给人的感觉像是一望无际的冰原，周身环绕着冷气，却偏偏在努力对她笑。那个笑很生，看得出来，它的主人并不经常做这个表情。

桑歌将手一横，挡住来人：“你是谁？”

满满的防备，应清遥却没看出来似的。

“我叫应清遥。”

和初次见面的情形一样，她对他依然这么不友好，而他有一肚子的话想说，最后却只能支支吾吾，说一声自己的名字。外人眼里不近人情的少主，在她面前，从来都只是个不会说话却也努力表达的小子。

“我要走。”

“你暂时不能走。”

应清遥天生做不出表情，他试图让自己显得温和一些，然而，看在桑歌眼里，却是满满的违和与怪异。而这样的矛盾感，不禁让她更加警惕了些。

“我师父呢？”她往后靠，“你别打什么主意，师父很快便会过来找我，到时候……”

“是君迁子把你交给我的。”

应清遥依然是那副扯得牵强的笑脸，没有半点儿不耐烦：“你看，这也是他给我的，他说，你看了这个，就会信了。”

桑歌刚想反驳，就看见应清遥摊开的手心里躺着的那样东西。

不大不小，正是那块不知来处的石头。

她接过，紧紧握在手里，即便被灼得生疼也不肯放手。她想问眼前的人，想问这个怎么会在他的手上，想问他和师父到底有些什么关系，想问他说得是不是真的……

她想问的，实在很多。

心里却莫名有一个声音，那个声音在说，她该信他的。

昏倒前，她是在师父怀里，而若不是师父愿意，谁也不可能带走她。师父那样厉害，师父是全天下最厉害也最好的人。

心里翻江倒海，最后出口，却是很平静的三个字。

“我不信。”

桑歌淡淡道，仿佛只是再简单不过的在陈述。

“师父说过，不会丢下我，我们会一直在一起的。他不会把我交给你，我要去找他。”

她说完便要往门口走，却被人钳住了手腕。

应清遥叹了一声：“玖凝……”

“你放开！”她猛地甩手，由于力气太大，整条手臂的血液都灌到指尖似的，手掌微微发麻，“你以为你是谁？我要去找师父，你凭什么拦我！”

应清遥一愣：“你现在很危险，只能留在这儿，而君迁子……你不去找他，他才安全。”

“我很危险？师父的处境不安全？你这话是什么意思？”桑歌皱眉，“不，不对……从我醒来，你就在骗我，你叫的根本不是我的名字，我不认识你，我不信你！”

“你必须信我。”应清遥严肃起来，“你得活下去，君迁子会把你交给我，也是希望你能够活下去。”他说，“且不说王族血脉几乎全灭，邪族只剩一个你。”

曾经的玖凝把责任看得很重很重，即便再怎么喜欢耍赖任性，在大是大非上，也清楚得很。可桑歌不是玖凝。

她几乎气笑了：“什么王族什么邪族？我根本不知道！我告诉你，你找错人了，所以，现在，我要去找我师父，你最好也快点儿去找到你要找的那个人，别在我这儿磨蹭。”

“玖凝……”

“我不是！”

应清遥低眼：“得罪了。”

说完便祭出灵决朝她袭去，暗光闪现，她再次失去意识。

青元宗的手段，真是很不简单的。

君迁子虽然知道，可在今天之前，他知道得都很浅。

看来他是低估他们了。

“多有得罪。”

对于君迁子，仙灵界中人都还是比较尊重的，毕竟这个世道崇强，而君迁子的实力，所有人有目共睹。事实上，倘若不是这次牵扯到了邪族，青元宗也不会对他下手。

仙使手执裂魄，站在他的面前。

裂魄是一件法器的名字，而那件法器是一柄长鞭，上边有无数倒刺，沾上身子，一抽，便要带下来一片魂魄。是了，它不伤皮肉，却是在鞭挞魂魄。

“仙君依然不愿说吗？”

君迁子沉默许久：“你们为何会有这些怀疑？”

仙使与他对视良久：“这东西极偏，仙君或许不知，可在虚空幻界，它是存在的。”

“是什么？”

“记录晶矿。”仙使说，“它只存在于虚空幻界，唯一的用处就是记录画面。而那些画面，和青元宗的冰晶矿台是相连的，每隔百年，仙长们都会调几段，看看幻界里有无异常。”

君迁子不语。

仙使继续道：“青元宗并不是没有证据，事实上，是证据确凿。邪族之王已伏诛，如今那王族只剩下王女玖凝，仙君该是知道事情严重性的。”

君迁子索性闭上眼睛。

“仙君还是不愿说吗？”

君迁子的声音有些哑：“既然瞒不过，那便不瞒了。”

“仙君这是什么意思？”

“私通邪族当罚，擅救王女当诛。”他开口，“要怎么做，动手吧。”

仙使皱眉：“青元宗的仙长们并没有这个意思，只要仙君配合，将那王女擒回，仙君自然功过相抵……”

“功过相抵？”

诱她前来是功，而先前救她是过吗？君迁子莫名有些想笑。若当真如此，那么，这个功过，他都不认。

“若我能这么做，那么一开始就不会救她。”

他像是疲惫："邪族和仙灵界，这么多年的恩怨是非，散是散不去了。我为一己私心，犯下叛族之事，如今，不管是什么责罚，我都认。仙使动手吧。"

他的每一句话都像是在逼仙使杀他，可君迁子不比寻常人，他极得人心，所犯之事又因牵连重大而被青元宗遮掩住了，没个正当理由，轻易是杀不得的。

仙使正在为难，却忽然接到仙长传音。

——留君迁子，传信邪族，引玖凝，诛之。

仙使不懂，这样明显的局，身为邪族王女，怎可能看不破？那玖凝真的会来？

仙长们在殿内看着仙灵台上的画面，从君迁子的表情到眼神，一点点细微的变化都没有放过。

——她会来。

那道传音太过笃定，以至于让握着裂魄的仙使都不觉愣了愣。

为什么？

他传音回去，却再没有得到仙长们的答复。

罢了，仙长思虑周到，洞察世事，既然他们这么说了，那便不会有错。

仙使正欲放下裂魄，却又听到什么似的，皱了皱眉，最后狠心在君迁子身上抽了一道。鞭绳依然是最初的干净模样，上边却带着一缕被撕裂挂住的神魂。

——将这东西投向邪族，不论用什么方法，务必要让它到玖凝的手上。

仙长传音如是。

而仙使手握裂魄，恭敬回话：“是。”

桑歌被困在这个地方很久了，那个人，似乎是真的决心要困她一辈子。但这不是最重要的，最重要的，是师父真的没有来找她。

这里与外界并非毫无关联，它不是一个被隔绝开的独立空间，若是师父愿意，他不会找不到。

所以，师父是真的不打算找她吗？

那些说过的话，都不作数了吗？

桑歌蜷缩在角落里，眼睛却盯着那扇窗。

窗子是开的，门也是开的，他们没有限制她的自由。她可以随意走动，只是走不出这个地界罢了。

鼻子一酸，桑歌的眼睛忽然就疼了起来。

那种湿润感已经许久不曾出现了。以往，她稍微有一点儿不舒服，师父都会紧张得放下所有事情哄她，她已经许久没有哭过了。

吸了吸鼻子，桑歌刚想揉揉眼睛，却忽然感觉到什么似的。

她猛地站起身来，往外奔去。

桑歌虽是凡人，但好歹也是从小被君迁子用仙草和灵气灌大的，她身子不好，没别的本事，但辨别神魂气息还是做得到的。就在方才，她感觉到了师父的神息。

师父来了，那个应清遥果然在骗她！

外边有许多人，虽然没有跟着她，可自她出来的那一刻，便已经把所有注意力都放在了她的身上。桑歌不管，只是朝着那个方向跑着。

少主有令，王女不是囚犯，她身份尊贵，行动自是不当受限的。因此这些人也不是看管，多是保护，邪族境内不得阻挠她的行动。一句话，只要她不出去，什么都好说。

但现在，她朝着邪族边界跑去，虽然那儿布有结界，她作为凡人，该是跑不出去的，护卫们却也仍是通知了应清遥。

可那不过是想当然。

若是其余地方，桑歌的确跑不出去，可她不是跑向边界，而是冲着最为薄弱的交界处跑的。那里有一个很小的口子，灵气积攒不住，故而结界薄弱些。

那也是整个邪族护阵里唯一的缺口。

桑歌毫不知情，只是一个人跑着，然而，到了地方，看到的却不是师父。

那个人手执长鞭，鞭子上染的是师父的魂息。

是埋伏。

桑歌一愣，刚刚来得及抬眼，就看见那人徒手撕裂了她身前结界，接着长鞭一卷缠住她的腰身，径直将人带走。

“玖凝——”

后边好像有人在唤这个名字，可掳她那人动作飞快，割裂时空直直朝着仙灵界而去。

她回头，只看见一个玄色身影，看不清那道身影是谁。可即便看不清，那人也不难猜。

割裂时空瞬息千里，这是仙灵界中人独有的法门，而其他界，再怎么也追不上。应清遥无可奈何，只能眼睁睁看着桑歌消失在乱流里。

“青元宗。”

他咬着牙，用尽全力追上去。

追到一半，忽然想起什么似的，划破手掌祭出鲜血，拿它捏了个诀。

当初君迁子孤身进去幻界，应清遥因不放心，曾与他结过契约，方便联系也方便应对随时的变乱。而后，这个契便被两人遗忘了。

现在却正好能用上。

应清遥草草传音给他，虽不是立刻便能感应听见，但至少能比他的动作快些。君迁子身在仙灵界，也比他要方便。

的确，异界传音，是会有延误的。

但再怎么延误，君迁子也还是听见了，至少不知道迟不迟。

那短短几句话像是砸在了君迁子的脑海里，他眸光一冷，望向将自己解绑的仙使。

君迁子揉揉手腕，试着运起灵力：“怎么忽然要放了我？”

仙使轻描淡写：“仙君无过。”

“画面都被记录下来了，怎能说无过？”他瞥向仙使，“或者，仙使别是瞒了我什么？”

“仙君并非青元宗人，青元宗事务繁多，仙君自然会有不知道的。若是仙君觉得那些未知之事便算是瞒……”

君迁子轻笑：“我随口念的，仙使不必当真。”他说完，转身便走。

看他离开的方向，该是回自己的住处了。

仙使松了口气，虽然他也不清楚自己究竟为什么会在他问这句话的时候提上口气。他是在为青元宗办事，而青元宗不论做什么，都是以仙灵界为出发点。

青元宗从来都是正确的。

仙使这么想完，心里好受了些。他慢慢开始收起东西，这台子上许久没站过人了，这些天来，倒是积了不少类似绳索和刑法的用具。

收完之后，仙使刚想离开，便听见有人来报，说君迁子擅闯西牢，看那架势，是要劫人。

比起君迁子是怎么知道桑歌在那儿的疑惑，仙使觉得更不可思议的是另一件事。

“这不可能，他被仙灵矿石限制了灵力，短时间内恢复不得，守卫难道打不过他？”

“若是寻常，守卫自然是对付得了的，可他燃烧神魂，强破封印，与众人相对。带着这样不要命的爆发力出手，谁都难以接近。”

仙使得到了这个答案。

微怔。

燃烧神魂，解除控制。君迁子怕是不要命了。

这位仙君一生没犯过对不起仙灵界的事，清明板正。在玖凝这件事上，仙使不信他不知道其中利害。对于仙灵界来说，玖凝是个祸患。

君迁子为什么这么执着要救她呢?

仙使想不通，也不想再想。

他拧了眉头：“走，通知东翼护卫前来支援。”

“是！”

被君迁子护在怀里，桑歌伸出手，触碰他衣上已经凝固的血块。

“师父，我是不是闯祸了？你这样……是不是我害的？”

分明已经没有了说话的力气，分明受了裂魄鞭挞，神魂都要碎散，分明当他赶到的时候，她只剩下半口气了。可是，当她被他揽入怀里，攒了半天力气，说出来的第一句却是这个。

“不是。”君迁子皱眉，“你很好，别说话，师父会救你。”

桑歌安安静静抱着他，微微抬起的脸上没有半分血色。

“师父……我是不是……是不是，就不该来的？”

若是别的人，或许会以为，她问的是自己是不是不应该受骗，不该循着那气息从邪族跑出来。可君迁子知道她不是。

他知道，她问的，是自己是不是从来不该来到他的身边。

“不是。”他强自咽下喉头那抹腥甜。

“你很好，从来都很好，若是没有桑歌，师父或许……或许早就已经毁了。”

桑歌扯出个虚弱的笑，看起来很满足，嘴里却说：“师父只是在安慰我罢了。”

君迁子对上的护卫越来越多，多到他几乎支撑不住。可他仍是将桑歌护得很好，甚至还注意着让她面向他的胸口，不叫她看见眼前情况。

这一幕像极了从前，像极了虚空幻界里的情形。顺着这个念头，他忽然又想起另一件事。

君迁子想起来了，他的确是带她去过人界的。

那时候他听闻人界有地方出现了归魂，于是下界去找。那时候，她还小，还很小，踮直了脚也不过到他的胸口处。他不放心将她留下，便带了她一起前去。

却不想，闹出了些误会。

是某天下午，君迁子瞧见一个找不到家的小娃儿，蹲在街上号啕大哭，他总错觉瞧见了更小些的桑歌。于是给了她糖葫芦，又牵着她为她找到了家人。

就是这么一件小事而已，桑歌却计较得很。

在为小娃儿找到家人之后，桑歌忽地哭得一塌糊涂，挂在他的脖子上，面色绯红，一字一句："你不准理她，你是我的，你怎么能抱她，怎么可以用对待我的方式来对待别人……你、你不准理她……"

好像，从小到大，她总是喜欢这样挂在他的脖子上。

却没有一次是像这个样子。

安静得像个死人。

"桑歌，别睡。"

君迁子分出神来看她，一个不察就被谁击中了左腿。他强忍疼痛，继续前行。

桑歌的眼皮颤了颤：“师父，我没有睡，我不会睡的……我最听话，最乖了……你知道的。”

“是，师父知道。”

“所以，师父不会不要我的。”

“是，师父从来没有不要桑歌。”

闻言，桑歌笑了笑，亲昵地蹭了蹭君迁子的脖子：“我就知道，我信师父，师父真好……桑歌最喜欢师父了。”

然而，君迁子却忽然感觉到不对劲，被她蹭过的地方一阵湿润，他低头望一眼，看见的是满眼血色。

桑歌到底只是个凡人，青元宗的刑罚，她受了这么久，能撑到现在，已是很难得了。

他心神一震。

“桑歌，你怎么样？”

怀里的人仍是乖巧模样，那双眼里却不住涌出鲜血，她像是想说些什么，却在开口之前费力地做了个吞咽的动作。

“没事的，师父……我一点儿事也没有。”

有血沫顺着她的嘴角涌出来，原本细白的牙齿上猩红一片。

君迁子陡然红了眼睛。

可他燃烧神魂撑到如今，已是强弩之末，再怎么也拼不过这么多来人。

从青元宗到未名山的路很远，他极力走了这么久，也不过刚刚到达山前。而再要越过那处，离开仙灵界，恐怕他没有力气了。

“桑歌……”

他不知为何，颤了声音。

“我不会让你死。”

桑歌恍若不觉，只是将他的脖子环得更紧了些。

君迁子喃喃道：“我不会让你在我面前再死一次。”

她摇摇头，也不知道是想反驳什么。或许，只是想说一句，不是什么再一次。应清遥总将她当作玖凝，她也从那陨星碎石里看见过些自己不曾参与的过去，可那不是她啊。

应清遥弄错了，没关系。

可师父也弄错，不行的。

因为这地方极为偏僻，仙灵界的防护又从来难破，未名山处无人。可后边追来的人不计其数，或许，他们被俘获，也不过时间早晚的事了。

然而，也就是这个时候，前方爆发出耀眼莽光。

有一道人影自莽光中向他们而来，与此同时，有一股吸力将他们拉进光源处去。

错身而过的时候，君迁子看见那样一双眼睛，一贯的冰冷无情中染上了些决绝颜色。应清遥没有望他，而是在看他怀里的人。

“顺着光道离开，带她走。”

如果没有看错，就那么一个擦身的时候，应清遥好像抽离了什么东西，注入桑歌的心口。而在那个动作之后，桑歌很明显便缓和下来，破碎的神魂也在飞快自我修复。

在被莽光吞没的时候，他回头，正巧看见应清遥自爆灵元。他作为邪族少主，在短短几十年内重建邪族到如今这个规模，除却能力之外，自然也是强大的。

这样的一个人，却在今日被逼至自爆，为他们挡住来人……

君迁子心情忽然有些复杂。

还有，他想，他大概知道了应清遥刚才为桑歌注入的是什么了。

他的神魂。

应清遥那一族的神魂强大，足够修复一个凡人的魂魄。或许不止，除却神魂，他还将自己数千年的修为全部渡给了她。

现在的桑歌已经不同从前，她或许不必再经过轮回，便可复原。

她或许……已经不是桑歌了。

而应清遥，从传音那一刻开始，他就是准备来赴死的。

顺着光道传送，君迁子看见来路在一点点消失，而怀里的人慢慢在恢复。

也许是得救了。

至少，她得救了。

君迁子想笑，却有些笑不出来。

“你这样能睡，如今累过之后平和下来，睡得这样安稳……也不知道，师父能不能撑到你醒过来。”

正念着，君迁子看见她的眼皮颤了颤，一顿，抬手，下意识便来为她遮光。

他的肤色比之前淡了几分。

不对，也不是淡，真要说起来，似乎是变得透明了些。

仙灵矿台不是什么能够轻松处之的地方，尤其是下来之后，又强自燃烧神魂，以一己之躯抵抗万千神兵。能撑到现在，已经很难得了。

不知过了多久，光道消失，他们已经在了邪族境内。

这儿是桑歌被仙使引至离开的地方，可原先的薄弱处已经被修复完整，现在的邪族，再找不到一个口子，可以任谁闯进来。

君迁子将她缓缓放下，仔仔细细看着。

分明是很熟悉的一张脸，看了两辈子，却还是看不够。

他为她擦去脸上血污，动作很轻，慢慢地等，最后等不住了，甚至想要唤醒她。

然而，最终也只是垂着手，站在一边。

桑歌身边的人，身影渐渐淡去，一点一点，到了最后，竟只像是一团不真实的人形雾气，晃晃荡荡，一阵风都能吹散。

罢了，等不到了……

君迁子一叹。

不过这样也好。她看不见，也好。

君迁子微微笑着，心思一转，用最后的力气，化出一张布条。布条上的字迹清晰有力，仿佛执笔之人安然无恙，是悠悠闲闲写下的。

然而，用尽了最后力气，在布条落下的同时，君迁子身形一散，顷刻化为尘埃，消失在这个世上。有一个词叫灰飞烟灭，代表的是过往已泯，再无未来。便如他。

有几颗细小浮尘落在桑歌脸上，她似有所感，迷迷糊糊拍了拍脸，随后，原本沉沉睡着的人，缓缓眨一眨眼，醒来。

“师父……”

她迷蒙唤出一声，周遭却无人。

正欲再唤，她看见那张布条。

——如今你已无恙，然我身负重伤，只有玄天神君可救得我。

为恐日久生异，为师只得先行，待得痊愈，再来寻你。为师不在的这些时日，你便留在此地，勿要任性，你本该是邪族王女，现在回来，便去做你该做的事。勿念。

“待得痊愈，再来寻你……”

不知为何，分明是有布条佐证，师父该是无事的，可她的心底莫名不安，单单是念着“师父”两个字，心窍都被牵得发疼。

桑歌握紧了那张布条。

不能胡思乱想，她该相信师父。

师父不会说话不算话的，他说会回来寻她，便一定会。只是可能他伤得太重，情况紧急，不得已才先走了。

就是这样，也只能是这样。

这么想着，桑歌的眼睛却有些疼。

强把眼泪逼下去，她抹了把脸，将原先附在上边的尘埃抹了下来。

“那我等你。”

她忽然有些累，忽然便不想再去计较什么玖凝、什么王女。

既然师父希望她去做那些事，那她就去做。她其实早就不是那个只能赖在他怀里的孩子了，也许从前，她希望他多为她担心，好像这样，她在他心上的位置才会更重。

可现在不同，经过这么一遭，她再不想让他为她担心。

她不比那个玖凝差，她会让师父看见的。

枯叶簌簌而落，也不知，这是落的第几遭了。

因为少了轮回，缺漏难补，桑歌到底没能恢复记忆。

她脑子里关于玖凝的那些事，都是石块记录下来的。原来那陨星碎块还有这样的神通，能够记录画面。

将过往一幕幕看完，桑歌知道了那些曾经。然而，比起“恢复记忆”这个说法，那更像是一种道听途说。

——听说我曾是邪族王女，听说我已经死过一次，听说那一个我曾经也爱你。

她当时惊奇，事后却又有些感慨。

也许从那样的意义上来说，她们真是一个人。可对于她而言，她只是桑歌。

只是不知道，师父是怎么想的。

桑歌真的很想知道，对于师父而言，她到底是谁呢?

她落下一声叹息，微微低了眼睛。

手中的陨星碎石，在紧握的时候，仍会叫她觉得疼。可什么东西，久了，都会变成一种习惯，就像现在这样。她望一眼手中的碎块。

好像那疼痛也不是那样难挨。

唯一的不习惯，还是等待。

等了这么多年，他不来，她还是会难过。

可那又怎么样呢？等待而已，难过而已，又不是生离死别。

他总会回来的。

毕竟啊……

师父是全世界最好也最厉害的人。他重诺，他不会食言。

他会回来。

◆引　章◆

“等待而已，又不是生离死别，他总会回来的。等……又是等……总会回来……简直痴人说梦！这个我很不喜欢。”她把石头扔向他，眼神出现了愤怒，这是她今天第一次释放出了生无可恋之外的情绪。

“哈哈，姑娘莫气，不喜欢咱们就再换一个！说了我这里宝贝很多，可以慢慢看慢慢挑，要不我让我的小古来亲自介绍下自己。”他说完，大袖一甩，从那宽大的袖子里跳出来一本线状古籍。

让人震惊的是，这本厚厚的线装古籍一落地，立刻自己爬起来嫌弃似的四处拍拍，两根细棍子似的胳膊拍得格外用力。她被惊得不轻，这一早上的奇遇……难道只是她做的一个梦？

青年在一旁轻咳一声，线装古籍立刻立正抬头，顶在封面上那两撇搞笑的眉毛上下耸动，它居然开口说话了：“小姐姐，别生气，我们家主人最笨又不懂得怜香惜玉。”

青年再次敛拳至唇轻咳一声，线装古籍立刻摇晃着拍马屁：“当然，他也有优点啦，譬如皮相还是不错的……小姐姐你要看看我的故事吗？”

不待她从震惊中做出反应，这个胖墩墩的书籍形状的小家伙一下就跃进了她的怀中……

· 第四篇 ·

Y A N Y U Z H A I

前世今生的古籍

第七章

◆ 魔　教　教　主 ◆

教主您在那些武林正道中固然是个十恶不赦之人，可在整个伽罗教，整个兰斯看来，都是英雄！

“龙行渊！洒家喊你一声你敢答应吗？”

一个粗犷的嗓音有如惊雷般在我耳边炸开，猝不及防间听到这声音的我只觉头晕目眩，那些音波就像拥有了实体，化成匕首直突突扎进我脑子里。

我捂着脑袋苦不堪言，缓了许久，眼前才再次一片清明，然后，我很蒙逼地发现自己居然躺在一个不知道是马车还是车辇的东西里，不仅如此，我还穿着一身玄青色的古装，甚至脸上戴了一副冰冰凉的金属质感面具。

这个不知道是车辇还是马车的东西外挂着层层叠叠的纱幔，黑与红交叠，说不出的妖艳。

我不知道外面的人能否透过纱幔看到我，而我却能透过不断飘飞的纱幔看清外面乌压压一大群人，或者说是乌压压一大群穿着奇装异服的人。

这不，我看得正起劲呢，一个温润的嗓音又突如其来地在我耳畔响起，那个嗓音说：“教主，如今您身受重伤，万万不可应战，只需坐在车辇内装腔作势即可。”

我觉得自己脑子突然有点不够用了，这是在做梦吗？

嗯，一定是在做梦。

我不禁开启自我安慰模式，甚至还又重新闭上了眼睛。

车辇外不停有人叫嚣，那些声音太过嘈杂，全都混淆在一起，故而我只听得清嗓门最洪亮的那个人像个复读机似的，不停地重复着同一句话：“原来所谓的鬼面阎君龙行渊是个软蛋！”

听完这话我只想回一句：“鬼你个头，软你大爷！”

然而此时的我却连吐槽的力气都无，脑袋昏昏沉沉的，像是又坠入了另一场梦境。

所以，刚刚所发生的一切都不是真的对不对？

“不对！不对！”又有一个算不上陌生的嗓音在我脑中响了起来，“你这是回到前世了！回到前世了！你现在的身份是伽罗教教主，伽罗教是江湖上赫赫有名的邪魔歪道，比那过街的老鼠还要遭人恨。哎哟，我的祖宗喂，谁叫你都不看那本书，现在好了，摆在你眼前的作弊神器都没了，你自己慢慢玩吧，反正小精灵我是没辙了。”

……

当我再次醒来时已经躺在了床上，而且还不是自己的床，确切来说，是一张古香古色的雕花大床，于是，我再度受到了惊吓，一个激动便掀开绣花被打着赤脚冲到了不远处的铜镜前。

我脸上依旧戴着那副冰凉的金属质感面具，因此我能确定我现在的身份仍是龙行渊，只是我依旧无法判断现在究竟是个梦中梦，还是真的回到前世了。

我能够感受到自己的手在颤抖，害怕这是一场噩梦，掀开青铜兽面具后将看到一张血肉模糊的鬼脸，更怕我变成了一个满脸络腮胡的粗犷大汉。

大约两秒之后，我终于鼓起勇气掀开覆在我脸上的面具，结果，我整个人都不好了。

该怎么说呢……

现在这面铜镜里虽并没有倒映出一张惨不忍睹的鬼脸以及粗汉子的脸，但也并不是我原本的脸啊!

我一脸茫然地望着镜子里的自己，下意识伸手在脸上捏了一把：“嘶……还真痛啊！”

所以，我这不是在做梦?

难道我这是真回到前世了？还变成了一个长了张娘娘腔脸的

魔教教主?

我整个人都有些崩溃，才准备解开裤腰带脱掉裤子验货，便听到一阵敲门声响起。

我解裤腰带的手一紧，赶紧又将系带重新绑回去，并且戴好面具，踮着脚尖噌噌跑回床上乖乖躺着。

几乎就在我盖上被子的同时，门外又传来一个男声。这声音我是听过的，温润至极，正是回来之初那把嘱咐我不要轻举妄动的嗓音。

我神经紧绷躺在床上，上眼皮死贴着下眼皮，全然一副熟睡如猪的模样。

可我即便是闭上了眼睛，也能十分清楚地感觉到那人推开了紧闭着的大门，一步一步朝我走来。我实在是闲得无聊了，竟然开始数起他的步子，一步、两步、三步、四步……走到我这里，不多不少，恰恰好是五十步。

数完步子的我又开始慌了，不为别的，只因他并无下一步动作，就这般站在床边上静静望着我。

即便我不曾睁开眼睛，我都能无比清晰地感觉到，他在看我。

与其说他是在用眼睛看我，倒不如讲，他是在用他的整个身体看我。

于是，我更慌了。

在他的“深情”注视下，每一秒都是煎熬啊煎熬。

我不知道他究竟盯着我看了多久，我只知，在我即将绷不住的时候，他突然唤了一声“教主”。

我简直心乱如麻，也不知究竟是出于心理作用还是怎的，我总觉得他那声音就像裹着蜜糖似的，缠绵黏腻，压根儿就不像是一个下属该有的语气。

我这是真的很绝望啊！都不知道该怎么办了。

回到前世也就算了，偏偏还成了一个这么危险，且性别为男的角色。

我脑子里一片混乱，一会儿在想，总不能一直这样躺下去吧，一会儿又在思考着，既然这教主受了重伤，那么我是不是就能顺理成章地假装失忆了呢？

还没等我想出个所以然来，我的思绪便被人生生掐断，不为别的，只因此时此刻，我的手！我的手被人握住了！

我的鸡皮疙瘩随着那人不停地轻抚，有如雨后往外钻的春笋似的，一颗一颗全冒了出来。

我现在真的真的整个人都不好了！

我几乎就要咆哮出声！

为什么我不但成了个人见人打的大魔头，这大魔头还偏偏是个弯的？啊啊啊啊啊！天理何存啊？

我化身马教主近乎崩溃地在心中咆哮着。

然而咆哮着咆哮着，我突然又发现了一个十分关键的问题。

喜欢男人什么的似乎也还好吧，总比喜欢女人玩百合强吧。

意识到这一问题的我本还在沾沾自喜，下一刻，又开始打心底地嫌弃自己，这都什么跟什么，现在完全不是思考这种事的时候嘛！

我的注意力再度集中在手掌上，本以为那人还有下一步动作，岂知那人又摸了两把便走了。

这……

我莫名有种说不出的惆怅，简直颓到没朋友。

人生啊人生，为何总这么艰难？

接下来的时间里，我宛如一个智者般思考起了人生。

鉴于我几乎就没看过那本鬼画符似的古籍，故而我压根儿就不晓得这个故事将会如何发展，甚至连我现在这副躯壳的主人的性格爱好都不知道，都这样了，我又该怎么去伪装嘛，一不留神就被他的属下们误以为被魔物附身，给杀了就真没话说了，所以，我还是赶紧收拾东西偷偷溜走比较靠谱。

我越想越觉得有道理，才准备起身收拾细软去跑路，屋外又响起了一阵敲门声。我一愣，只得丢下手中的东西，再度噌噌躺回床上。

这次从屋外传来的是个姑娘音，嫩嫩脆脆，该是个年纪不大的小丫头。

于是，我又连忙从床上爬起，伪装成刚醒来的样子。

那是个穿着鹅黄衣裙，梳着双丫髻的小姑娘，十三四岁的模样，端着一盆水，怯生生地走了进来。

所以，我觉得吧，先前那男的着实看上去不太好对付，可眼前这小姑娘显然是没问题的呀，套套话什么的该不难吧。

我还记得当初，有个复读机似的大嗓门一直不停嚷嚷着那句："原来所谓的鬼面阎君龙行渊是个软蛋。"

毋庸置疑，所谓"软蛋"是为骂人的话，"龙行渊"是教主的名字，那么"鬼面阎君"大抵就是龙行渊的江湖称号了吧，就像"东邪西毒南帝北丐"一样，从某种程度来说，算是高度概括了这个人的特性。

所以，我猜"鬼面"大抵是指龙行渊连睡觉都不曾摘掉的青面獠牙修罗面具，那么"阎君"二字是否能够理解成他这个人物就像阎王爷似的，手掌生杀大权且冷酷，唔……其中估摸着还和他长得娘有关吧，否则就是鬼面阎王了，而不是鬼面阎君了。

理清所有思路的我顿时就自信了，直勾勾盯着那迈着碎步不断前行的小姑娘。

令人惊叹的一幕出现了，我的目光才落至那小姑娘身上，立马就看到小姑娘浑身一颤，然后就这么端着一盆水，十分干脆利落地跪在了地板上，带着哭腔，不停地求饶：“教主饶命，教主饶命，教主就饶了翠翠这一次吧，下次再也不会将水洒出了。”

龙行渊这房里虽铺了一层厚厚的地毯，小姑娘这么一跪必然还是会疼的。

我有些肉疼地瞥了眼她的膝盖，算是get到了一个点——嚯，这龙行渊倒是真不愧被称作鬼面阎君，威慑力可真不小。

我尽量使自己的声音听上去显得冷一些，让那瑟瑟发抖的小丫头站了起来。

小丫头翠翠端来的水正是给我洗漱用的，只不过她并不似寻常的丫鬟那样伺候着我洗脸，才将脸盆放置在洗脸架上，就背过了身。

机智的我立马又get到另外一个点，那便是没有人见过龙行渊的脸。也对，龙行渊这种连睡觉都不摘面具的人，又有谁能知道他长啥样。

待我重新戴上那副青面修罗面具时，翠翠才开始着手伺候我穿衣。

紧接着，我又发现了一个新的问题，那便是——这个教主龙行渊一定是个心机婊！

他穿的鞋鞋底比一般人的厚也就算了，里面居然还垫了内增高！不仅如此，但凡他穿在外边的衣服都暗搓搓地弄了垫肩！

待一切都收拾好后，我又突然抽风似的挑起了翠翠的下巴，道出那个在肚子里酝酿许久的问题：“在那些所谓的武林正道人中我是个怎样的人？在你眼中，我又是个怎样的人？”

许是我这一下来得太过突然，我明显看到翠翠眼睛里划过一丝慌乱。她怯生生地垂着眼帘，压根儿就不敢与我对视，沉默许久以后她才张了张嘴，像是终于鼓起了勇气。

她的声音明显在轻颤，音量却比从前听上去都要大。

她说：“教主您在那些武林正道中固然是个十恶不赦之人，可在翠翠，乃至整个伽罗教，整个兰斯看来，都是英雄！”

我其实只是想知道伽罗教里的人究竟是如何看待我，以便于我隐藏住自己，没想到又给整出了个更奇怪的玩意儿，兰斯是什么？莫非这个教主乃至整个伽罗教都不是中原人？就像《倚天屠龙记》里的明教一样，本为波斯摩尼教的分支，并非产自中原的本土教派。

我沉吟片刻，又道了句：“何出此言？”

有了我这句话，翠翠显然放松了不少，她的眉不再苦巴巴地皱着，她笑得一双眼弯成了月牙：“翠翠今天真的很开心，服侍教主您这么久，还是头一次听教主您一口气说这么多话。”

好吧，我又明白了，原来这教主还是个一棍子敲下去都吐不出半句话的锯嘴葫芦。

得知这一系列消息后，我终于松了一口气，虽依旧没将这龙行渊的底给摸清，倒不再似从前那般毫无头绪了，更何况，面瘫话又少的冷男什么的，最好装了。

我挥了挥手，示意翠翠出去，她却一脸为难地望着我，犹豫再三仍是道了出口："教主，您该去碧云殿了。"

哈？碧云殿又是个什么鬼？

纵然我一脸蒙逼，我也没法问翠翠去碧云殿是要做什么，只能一脸紧张兮兮地跟在她身后走。

大抵真与我的猜测差不多，这伽罗教的建筑看上去整体虽偏古风，却又在细节处透露出几丝异域风情，譬如说教主房间里地毯的花色，以及随处可见的圆顶窗。

大约走了二十分钟，我和翠翠终于抵达了那所谓的碧云殿。

当我站在殿门外时，殿内已乌压压站了一群人，我大抵是这群人中来得最晚的一个，故而只得接受所有人的注目礼，大步大步向前迈进。

天知道我有多紧张，这里站着的可都是凶神恶煞的魔教帮众啊，随随便便拎出一个，身上的煞气都足以令人窒息，更遑论是这么一群。

我内心焦灼，外表淡定地坐上了教主的专座。

我实在是太紧张了，以至于根本就无暇去听手下那群妖魔鬼怪究竟在叽叽歪歪说些什么，直到那个嗓音再度将我唤醒，他道：“还请教主做出判决。”

这个嗓音对我来说，可谓是熟悉到不能再熟悉，只可惜前两次我都没能瞧见他的脸，故而这次，我怎么都不能放过这种好机会。

因为我是教主嘛，教主都是高冷的，才不会属下说什么，就撇过头去巴巴望着人家呢，所以我便铆足了劲，斜着眼去偷瞥。

我的眼角余光实在是有限，纵然再努力也只能勉强瞅到他的大致轮廓，即便如此，一袭青衫的他也将这整屋子的妖魔鬼怪甩出十万八千里路，我其实对他这个人的正脸还是很好奇的，却又不敢有太大的动作，以免引起怀疑。

瞄了个大概以后，我又悄悄将眼珠子移回了原位，不禁在心中感慨，幸而教主我戴了副面具，即便做出这么猥琐的行径也无人发觉。

这厢我正冒着偷窥那青衫美人呢，完全忽视他方才所说的话，于是，一阵沉默之后，殿内的氛围变得尤为凝重，即便我啥都不明白，仍是能隐隐察觉到，这碧云殿内杀气四伏。

即便我压根儿就不知该如何回答，我也得装装样子啊，于是，我沉吟一番，气沉丹田，发出一个重重的、明显拖长了的单音节：“嗯？”

我的意思本是想让他们将话再复述一遍，结果却硬生生被曲解了。

青衫美人的脸色似乎变得很不好看，他不服气似的又说了句：“属下明白了。”

我也是不晓得，我都不明白，他又究竟明白了个什么……

总之这场莫名其妙的会议就这么莫名其妙地解散了，那青衫美人欲言又止地盯了我半晌，最终长叹一口气便走了。

我突然觉得自己像是做错了事，一直驻足站在殿外的翠翠望了我半天，终于战战兢兢地道：“教主，您真要将左护发配去凉山吗？”

我不曾回复她的话，因为即便是这样一句简单的话，我都不知道究竟意味着什么。

我的心情突然变得很糟糕，于是一遍又一遍地安慰自己，我这不过是毁了一个魔教小头目的前程，从某种程度来看，也是在为民除害呢。

我正这般想着，又岂料到，报应这么快就要落到了自己身上。

那时候翠翠在准备我睡前沐浴用的热水，而我则坐在书桌前，偷偷地摘着花盆里红艳艳的辣椒。

我在这个世界已经吃了足足两顿饭，每一顿饭都吃得想哭，不为别的，只因这里的饭菜着实不合胃口，每道菜里都有一堆辛辣的蒜、生姜、花椒，却又偏偏没有正角儿辣椒，起先我还在想，这个世界既是类似南宋一样的架空时代，那么没有辣椒也算是正常，毕竟辣椒啊番茄啊花生什么的，都是明清才传入的舶来品，结果呢，又偏偏让我在龙行渊的书房里找到一盆长势颇喜的辣椒，我也是没话说。

这厢，我摘辣椒摘得正欢呢。

书房外突然传来阵阵乒乒乓乓的打斗声，此外还时不时传来几声嘶吼：“深夜敌袭，教主寝宫加强护卫，快快来人护驾！”

听闻此话，我惊得下巴都快掉下来了，连忙止住摘辣椒的动作。

我不曾想到自己一个不经意的“嗯？”便引来这么大的后患，此时此刻纵然再自责也于事无补，最重要的，还是想办法趁乱逃出去。

于是，我赶紧摘掉了这无比醒目的青铜修罗面具，又脱掉了穿在最外层绣着妖娆红莲的黑色大氅，最后再薅了一把辣椒，便麻溜地选择了跳窗。

别问我性命攸关之际为何还想着薅辣椒，这是每一个来自湖南的同胞都该拥有的执着，没有辣椒毋宁死，而我，不论如何都要冲出去开辟出一块属于自己的辣椒地。

此时此刻，战火并未完全蔓延开，路上却已歪七扭八地倒了一片，鲜血在我脚下蜿蜒，晚风送来令人窒息的腥膻味，我强行压制住自己想吐的冲动，捡起一把不知被谁掉落的刀，紧绷着神经，贴着墙根一点一点向前移。

纵然我这副躯体从前是如何如何的神功盖世，而我却是个不折不扣的弱鸡，宛如一个守着金库银库却无库门钥匙的懵懂孩童。

我突然有些后悔了，后悔自己一时冲动，摘了面具闯入这样一个修罗场。

我甚至都不知道自己可能健全地活到明天，越是往前走，我握住刀的手便颤抖得越厉害。

前方又传来了阵阵或是亢奋或是绝望的喊叫声，我再也没有往前走一步的勇气，索性丢了刀，糊上血，直瘫瘫地倒在一片血泊中。

这已是我所能想到的最好的办法。

血腥味依旧刺鼻，喊杀声冲天，即便我闭上了眼，都仍能感受到远处亮起的火光。

不断有人在今夜死去，亦不断有人在今夜杀人。

我突然好想回家，想躺在客厅软软的沙发上，吹着空调，吃着妈妈刚从冰箱里端出的西瓜。

这一夜我躺得很不安稳，不时有人或者马从我身边奔跑而过，我已经记不清自己究竟被人踩了多少脚，我紧紧咬着嘴唇，不停在心中告诫自己，不论多痛，都得忍着。

我不知道这一夜究竟死了多少人，烧了多少房屋，我只知当喊杀声彻底停下来的时候，天已经亮了。

活着的人已不知去了何处，只有我和死了的人依旧躺在这里。

当我意识到自己的性命暂时被保住时，另一种恐惧又如同海潮般席卷而来。

我一刻都不想待在这满是死人的地方，我几乎崩溃地从地上弹起，头也不回地向前冲着。

我并不知道这样不停地往前冲，究竟能到何地方，大约一个小时后，已然跑到筋疲力尽的我逃到了一片竹林里。

竹林里的空气很清新，并无一丝血污之气，连泥土都是干净的黄褐色，而不是一片湿漉漉的红。

我整个人都松懈下来了，甚至都想蹲在地上，抱住自己的膝盖放声大哭。

可我还没来得及做任何发泄，身后又传来了两道脚步声。

我并不知来的究竟是哪一方人，可我知道，不论来的是哪方人，我都将会被当作敌方而被肃清。

我什么都来不及想，起身便跑，然而我却低估了武林人士的速度，在我还未弄清究竟发生了什么之时，就有一个人像飞鸟一般掠过了我的头顶，堵住我的去路。

我本以为自己会因害怕而痛哭失声，却在看见那人脸的一刹那愣了愣，这这这……这人怎么长得这么好看！

于是，那人的剑都已经架在我脖子上了，我还在拼命吸口水。

许是我的表情太过呆蠢，那人冷冰冰的眸中终于透露出一丝不耐烦，他握在手中的剑又朝我脖颈推近了几分，一股凉意霎时顺着我的脖子传遍全身。

他连声音都是冷冰冰的，不掺一丝情绪：“你是何人？”

“我……”我原本是准备好好说话来着，可一张嘴就忍不住哭出了声，“我不是坏人，我真的不是坏人……”

我抽抽噎噎，只不断重复着这一句话，末了，等我恢复神智的时候，还不忘补上一句：“壮士饶命啊！”

他望着我的眼神终于不再冷冰冰，带着那么一丝鄙夷，然后我又听他道出了三个字：“没骨气。”

骨气是什么啊，既不能吃也不能让我长命百岁。

可他既然都已经开口吐槽我了，那么也就说明，他这人也不是看上去那么不通人情吧？我在心中默默地想着，嘴上已然开始忽悠人：“我上有七八十岁的老母，下有嗷嗷待哺的弟弟妹妹，一家人都等着我来养活，我若是死了，又有谁来照料他们！”

我声情并茂涕泗横流，说的这些瞎话差点连自己都信了，可他依旧不为所动，反倒是与他一同前来，堵住我后路的那位仁兄大为感动，也顾不上我是否会趁机跑掉了，噌噌几步跑到那人身边，面露不忍地道：“师兄，这小兄弟也怪不容易的。”

我心中偷笑，面上依旧一副痛不欲生的模样。

那人看了一眼他师弟，又瞥瞥我，只道了两个字：“押走。”

我心中泄气，可转念一想，又觉被押走也总比伏尸当场来得好，只要抓住了机会，总能逃走完成我的种辣椒大业。

他们既没有带绳子也没手铐，只能并列走，将我夹在正中间，以这样的方式防止我逃跑。

一路上，我白眼都快翻出了天际，都不知道他们这样防着我是要做什么。

我兀自想着逃跑三十六计，丝毫未发觉那人突然停了下来，等我意识到这一问题时，我整个人都已贴上了他后背。

除了疼，我倒是没有任何反应，他的背却明显一僵。

我还在惦记自己那被撞疼了的鼻子，他却不知何时转过了身，面露寒气地质问我：“你为何要说谎？”

“哈？”我简直一脸蒙逼好嘛，他怎么被撞了一下就知道我撒谎了？

同样蒙逼的还有他那傻白甜师弟，傻白甜师弟立马就坐不住了，连忙开口问：“师兄，你说什么呢？”

那人的脸色仍未缓和，他一字一顿，道出了真相：“她是女儿身。”

我简直如遭雷劈，比蒙逼还蒙逼，暂不能接受这个事实的我下意识地摸了摸自己的胸，结果还真出乎意料的有料，若不是有人在场，我几乎又准备当场脱裤子验货了。

于是，当我再度对上那人的目光时，我一下子就蔫了，赶紧摇头，说出了一句连自己都不信的话：“不不不，我今天只是胸有点肿。”

“……”

那两人看我的目光似乎都有那么点微妙，这感觉……就像是他们在一同围观一个智障。

这样的理由自然无人相信，我只得偷偷掐了把大腿，继续以眼泪博同情：“我自小就被那天杀的魔教教主给掳上了魔宫，好不容易才保住清白之躯，昨夜又险些遭人玷污……我……嘤嘤嘤嘤……”

说到此处，我已泣不成声，实际上是根本就编不下去了，只能以哭声来掩饰，反正该传达的都已经传达了，不管他们是信还是不信，我也都实在没辙了，也是万万没想到，鬼面阎君居然是个女的，怪不得长这么娘了。

那人的傻白甜师弟又一次信了我的邪，红着眼眶对那人说：“师兄，这姑娘也忒不容易。”语罢，又撇过头来问我，“姑娘，你家住何方？若是顺路，我们便可送你一程。”

我哪里知道这里都有些什么地方，又不敢张嘴胡来，只能说：“我很小的时候就来了这里，我也不知道自己的家究竟在何方。”

傻白甜师弟眼中的同情之色又加深了几分，他又问：“敢问姑娘芳名？”

我笑容甜蜜，脆生生地道了两个字：“翠翠。”

不知为何，我总觉得在我道出翠翠两个字后，那傻白甜师弟明显神色变了变。

我并不算观察仔细的那类人，却恰恰好在那时候瞥了他一眼，正因为我观察人算不上仔细，故而即便是看到了，我也并不那么确定，可看真切了，是不是一时失神看走了眼。

很快，傻白甜师弟又恢复成那副傻白甜的模样，开始自顾自地报着家门。

原来这两个人都是武林第一大门派剑气宗的弟子，其中傻白甜师弟名唤云二，倒是与他这人挺相称的。至于另外那个冷若冰霜的面瘫师哥则名唤易水寒，就是那个“风萧萧兮易水寒，壮士一去兮不复还”的易水寒，听到这名字的一刹那，我险些就要喷了，也不知他家爹妈咋就这么缺心眼，给孩子取这种名字，也是怪不吉利的。

那傻白甜师弟像是说上了瘾，连同他和他师兄来此处的目的都给一同道了出来。原来他和他师兄并非是为了围剿魔教而来，其实就是途经此处，顺路看看魔教变成了啥样，结果都还没看到，就给遇上了我。

我本以为他们仍会去趟魔宫，结果却十分意外地带着我掉头便走。

一路上我都在思考究竟该如何甩开他们，却是想得脑仁都疼了，依旧没能想出个所以然来。

时间一晃而过，很快便入了夜。

他俩轮流值夜，而今正值上半夜，恰是傻白甜师弟值班，唯独我一直都要死不活地躺在一棵老树下。

就我如今这副模样，莫说要在其中一人清醒的情况下逃跑，即便是两人都睡了，我都不一定有力气跑，武林人士什么的，也忒可怕了，都不带停歇地走了整整一天也不见有半点疲累，可怜我跟着他俩都快走丢了半条命。

我原本闭着眼睛在树下躺得好好的，即将入睡之际，却忽然听到一声惨叫，那细声细气的惨叫不会有第二个人能发出，无疑正是那傻白甜师弟。

我被这声惨叫吓得几乎就要从地上弹起，一直都没半点动静的易水寒率先反应过来，握着剑一把冲了过去。

这儿没有一点灯光的夜黑到令人无法想象，别说什么伸手不见五指，就算此时有个人杵在我面前，我都不一定能发觉。

远处时不时传来几声闷哼，以及兵刃相撞时的金铁之音，我越听越觉害怕，紧紧缩在树干下，不敢动弹，生怕稍有不慎便会引来杀身之祸。

本以为我都这么低调了，总该能安全，可我这念头都没能完完全全打脑子里冒出，身后就突然冒出一个声音：“你究竟是什么人？”

“啊！”我简直要被这冷不丁冒出的声音给吓得魂飞魄散，忍不住惊叫出声。

那人听了赶紧捂住我的嘴，感受到他掌心传来的温度后我才终于放下心来，是热的，还好还好，不是什么索命厉鬼。

我这七魂六魄全都归了原位，智商自然也就一同跟着回来了，只是我一时间还真不知该如何回答这个问题。

许是我晃了太久的神，那人大抵生出了几许不耐烦来，少顷，我脖子上又多了个冰冰凉的物体，不用想也能猜到，抵在我脖子上的玩意儿不是刀便是剑。

我实在很无奈，不明白这里的人怎么动不动就喜欢拿兵器抵着别人的脖子，还让不让人好好说话啊！

我沉默了大约两秒，又开始编："我名唤翠翠，乃是服侍伽罗教教主的贴身丫鬟。"

结果那货精明得很，才听完便发出一声冷笑："翠翠分明还是个十三四岁的小丫头，哪长成你这副模样。"

我总算是明白了，这人定然是伽罗教的，还不是个小喽啰，是能见到教主贴身丫鬟的那种大人物。

这下我可是真慌了，伽罗教之所以被称之为魔教肯定也是有一定的道理的，既然如此，自然就没那些名门正道的好说话，稍有差池，是真会一刀子捅了我的。

我实在没辙了，一直支支吾吾，不知该说什么好。就在我考虑要不要说实话，告诉他我其实是教主之际，我身后的那位仁兄突然闷哼一声，并且猝不及防之间吐了我一脖子的血。

我又整个人都不好了，又无意识地发出一声尖叫，再然后我便只觉前方似乎刮来了一阵风，风中还有泠泠冷梅香，突如其来地喷洒在我身上，还怪好闻的。

我这人从小到大都有个毛病，思绪很容易到处乱飞，这不我都还没脱离危险呢，脑袋又开始胡思乱想，思考着这冷梅香究竟是打哪儿来的。

我尚未思考出个所以然来，整个人就被一股巨力给拉扯过去，再然后，便落入了一个满是冷梅香的怀抱中。

而我却无福消受这等艳福，立马又被吓个半死，连忙扯着嗓子尖叫："谁？"

"我。"那人冷冷说。

虽只有简简单单一个字，我倒是十分准确地凭此判断出，那人正是易水寒。

得知抱着我的人是易水寒后，我莫名就安心了，安安静静地任由他抱着，反正他长那么好看，被多抱一会儿也不吃亏。

这个拥抱却没我想象的持久，大约五秒后，他便松开了手，并且用那一贯的清冷语调说了句："冒犯了。"

其实我也不知道他究竟冒犯在哪里，而我也不可能像个没事人似的，来句没关系，总还是要装装羞涩和矜持的，故而就这般一言不发地站在远处，看着他擦亮了火折子。

有了火光的照映，我一下子便看到了地上的那摊血，以及一动不动躺在地上的死人。

从我现在站的角度看过去，根本看不清那人的脸，我本想走近些去看看，易水寒便已自顾自地拿着火折子去检查那人的尸首。

即便我是从死人堆里爬出来的，我依旧无法坦然接受突然又有一个人大剌剌地死在我眼前，这与我十七年来所接受的教育背道而驰，我不知道该如何形容自己现在的心情，只觉得胸口闷闷的，整个人也莫名觉着有些不自在。我试图找些事来转移自己的注意，当下便转着脖子四处张望，却发觉云二并不在，于是，我又开口问了句：“云二呢？他在哪里？”

易水寒回复我的话十分简略，以至于，我都开始怀疑自己是不是听错了，他说：“不见了。”

听到这句话的时候，我也是有点蒙，同时还有些急切。凭心来说，我对云二这个人还是很有好感的，所以又接着问了句：“他不会出事了吧？”

他看上去依旧是那么漠不关心：“不知道。”

我也是无奈了，这人怎么这样呀，云二好歹也是他师弟，遇上这种事，他居然来句不知道。

也正因为这句话，他那张脸所带来的好感，就这么在一瞬之间消失殆尽。

我兀自垂着脑袋思考着下一步该怎么办，变故就此发生，那具一动不动的尸体突然睁开了眼，并且以迅雷不及掩耳之势在易水寒胸口上劈了一掌。

那人的动作着实太快，快到我的大脑都来不及运转。

待我意识到事态不对的时候，易水寒已然奄奄一息地趴在那儿吐啊吐，而那诈了尸的兄弟则早就跑得没了影。

我简直叹为观止，想不到，竟还能这么反转，当然这个念头也就在我脑中稍稍转了一圈。

易水寒的状况看上去很不好，纵然我对他印象变差了，也不能就这么将他丢在原地弃之不顾。

待我凑近的时候，易水寒仍在不停地吐啊吐，也就这时候，我方才发觉他吐出来的东西都是黑的，并且有股很浓郁的血腥味。

我看着有点蒙，话不自觉就说出了口：“这是血吗？怎么是黑的呀？”

易水寒面色痛苦地倒在地上，隔了好一会儿，才道出两个字：“有毒。”

这一刻，我都不知道该怎么办了，电视剧里往往都是这么演的，某个角色被人拍了一掌或者插了一刀，再咬牙说句有毒，便脖子一歪，挂了。

虽然我很想摆脱易水寒和他的傻白甜师弟，可我也不想这么摆脱呀，好不容易才遇上个靠谱点的人，更何况，他不但长得这么好看，还救过我，是我的救命恩人。

我的眼泪“哗”的一下就流了出来，像电视剧里那些女主一样，边哭边拍打着他的脸：“喂！你不能死啊，虽然你这名字听着就不吉利，可你长这么好看，一定就不是炮灰啊，所以，你要死了，我也不知道该怎么办了，虽然我本来就不知道自己该怎么办……”

我哭得那叫一个撕心裂肺，一把鼻涕一把泪全糊他身上那件做工考究的白衣服上。

我不知道自己究竟哭了多久，就在我觉得他死透了，该挖个坑埋一埋的时候，这货又突然睁开了眼，我受到惊吓之余，只隐隐约约听到了三个字：“别拍，痛！”

所以，他压根儿就是故意吓着我玩吧？

我登时就怒了，想都没想，便一把拽住他领子，嘶吼着：“你逗我玩呢！啊？”

可他并没有回复我，一直那么安安静静地躺在地上，就像睡着了，再也不会醒过来一样。

这里的夜可真黑呀，况且刚刚又发生过一场这么激烈的厮杀，我全身的力气也都在白天时耗尽了。

我突然很害怕，整个晚上都抱着他，不停地在和他说话。

我也知道，这样随意地抱着个陌生人，说上一通别人根本就听不懂的胡话这个样子看上去很傻，可我控制不住，害怕不继续跟他说话，他的呼吸就会停止，身体就会僵硬。

这一晚上我都在胡思乱想。

一会儿在唾弃自己，觉得他要是不长这么好看，我一定会毫不犹豫地抛尸荒野。

一会儿又在想，我其实也并不是那么肤浅的人，之所以做到这一步，不过是因为，他是我在这世上唯二认识的人呀，况且他还救过我一次呢。

……

一整晚就这么在胡思乱想中流逝。

我也不知道自己究竟是什么时候睡着的，总之当我再度恢复意识的时候，我不仅仅感受到了刺眼的阳光，还有一道古怪的目光。

我勉强睁开了眼睛，登时便有一张被放大无数倍的脸横在我眼前。

于是，我再度受到了惊吓，待看清那张脸是易水寒时，不禁拍着胸脯直嚷嚷："你干什么呀！不知道人吓人吓死人吗？"

他的面部表情依旧贫匮得可怜，定定地望着我，只说了四个字："我中毒了。"

我撇了撇嘴角，没好气地说："你昨天就讲过了。"

说到这里，我稍作停顿，又问了句："云二呢？"

他神色不变地回："跑了。"

"啊？"此时此刻，我的嘴一定张得足够塞下一整颗鸡蛋，"他怎么就跑了呢？"

"昨夜逃走之人正是云二，或者说，是伽罗教右护法云中月，他擅使毒，那一掌错不了。"

听易水寒这么一说，我倒是想通了一些事，怪不得云二在听到我说自己叫翠翠时露出那样的表情，怪不得昨天那人根本就不信我是翠翠。

可我仍有一件事没弄明白，那便是：“云中月为什么要扮成云二呢？”

易水寒瞥了我一眼，方才沉声道：“为了一幅藏宝图。”

我明知道这种事不该继续深究下去，却还是忍不住追问了一句：“那藏宝图被抢走了吗？”

“没有。”

“那就好，那就好。”虽然这件事和我没半毛钱的关系，我仍是松了口气。

本还想再问，接下来我们又该怎么办，他手上的剑便已横在了我脖子上，然后，我又听他冷冷道：“你究竟是何人？”

我突然觉得心好累，当然脖子更累，如果脖子能自主说话，它一定会哭天抢地地叙出它这些天的悲惨遭遇。

事已至此，我只能半真半假地继续编，我说：“我并非伽罗教之人，前不久才被掳上了魔宫，还有，我名字叫何田田。”

我不知道他可还会相信我这番话，我只知他握着剑的手一直在抖，于是我又整个人都不好了，生怕他一个不留神，就把我脖子给抹了。

我战战兢兢且又小心翼翼地问了句：“那个……兄弟，你手好像有点抖啊，能不能放下剑，咱们心平气和，面对面好好说话？”

他不曾接话，回复我的是一口突如其来的老血，还好我这次躲得快，否则又要被人喷一脖子。

他倒是比我想象的更有自控力，虽然吐完血就“扑通”一声倒在了地上，剑却好好地握在手里，既没乱飞也没乱扎人。

这一次，我是真铁了心要走，再也不想待在这儿给他用剑抵着脖子。

我都做好了拔腿就跑的准备，才抬脚，便发觉自己的腿怎么也迈不动，一低头，竟发现他左手死死扯住了我的裤腿。

我着实无奈了，微微俯身与他说：“你即便是我的救命恩人也不能动不动就拿剑指着我，我是真讨厌这种时刻都被人威胁的感觉，你明白吗？”

他不曾回答，可我也能猜到，他这样子八成就不明白，否则又岂会将我的裤腿越拽越紧。

无奈至极的我幽幽叹了一口气：“好吧，好吧，我也不是不能救你，只是你得发誓，发誓再也不拿剑指着我。”

我双手环胸，等了老半天都没能等来他说出半个字，我也是真没办法了，只得咬牙说：“好好好，算你狠，你可听好了，救了你这次，咱俩以后可就互不亏欠了啊！”

我边说，边铆着劲将他从地上拽起。

这副身体的力气比我想象中大得多，我愣是在太阳下山之前将他这么个身高体长的成年男子背到了镇上，并且找到了大夫给他解毒。

然而，我似乎将这一切都想象得太过美好了。

大夫不过是稍稍给他诊了下脉，便捋着胡子，神色严肃地摇了摇头："这个人，老夫没法救。"

我不明白他所谓的"没法救"究竟是救不了，还是不敢救，话尚在喉咙里打着转，就来了两个小伙计把我和易水寒一同赶了出去。

医馆的门就此被关上，我不死心，拍拍身上的灰，从地上爬起，拼命地踹着门。

许是我闹出的动静着实太大了，一直闭着眼的易水寒终于恢复了一点意识，他道："没用的，这里的大夫即便能解我身上的毒，也不敢贸然动手。"

道理我也不是不懂，只是一时有些冲动，况且若连大夫都救不了他，我又该怎么办。

我这都急得像热锅上的蚂蚁了，他还像个没事人似的，沉默了半晌才跟我说："先找个客栈。"

约莫半个小时后，我终于背着他走进了定好的客房里。

他明明虚弱得厉害，偏生还要我去找笔墨，随后只见他一边抖一边在纸上写着些什么，等到一张纸快写满的时候，他才吹了吹，对我说：“拿着这个去药房，钱，依旧在我荷包里拿。”

我从没想过他还会这种操作，连忙拿着钱和药方去了最近的药房。

待我回来后便依照他的吩咐给了掌柜的几个钱，差他们将其中一服药熬成了澡汤来给易水寒泡澡。

夜幕一点一点地降下来。

易水寒在内屋泡澡，而我则隔着一扇屏风在外间吃瓜。

屏风那头水汽氤氲，时不时还能看见几缕黑黝黝的烟升腾起，除此以外，易水寒他本人却无任何动静。

我停下吃瓜的动作，清了清喉咙，轻声问道：“如此一来，你是不是就能解毒了呀？”

我本只是闲着无聊，没事说着玩而已，不想，他却是真听到了。

“还解不了，只能暂时抑制住毒素的蔓延，所以这些天，我都无法运功。”

我莫名觉得很慌：“这可怎么办呀？”

屏风里面沉寂片刻，突然又传来他的声音：“你若能将我送回剑气宗，我身上的毒便可解。”

我对此深表怀疑：“你开始不还一直怀疑我身份吗？我又不是傻的，就这么将你送回去，岂不就是送羊入虎口有去无回，我才不干这种傻事，待会儿吃完瓜我就走。”

我信誓旦旦，一口一瓣瓜，狼吞虎咽似的急。

他那里头也半晌没传来任何声音，我以为他就这般默认了，就等嚼完最后一口瓜直接走人，岂知，他的声音就在这时飘了过来：“若没猜错，你身上大抵连一文钱都没有，如此一来，你又能去哪里？”

听完他的话，我险些被最后一口瓜给卡死，头一次觉得他说的话竟这么有道理。

就在我陷入沉思之际，他又道：“若姑娘能将我送回剑气宗，彼时定有大礼相送。”

我也并不是一点都不心动。

不论在哪个时代在哪个地方，没有钱都将寸步难行。

我也不知道其他那些故事里的女主角究竟是如何混得这般风生水起，我既无才，又无一项别人所替代不来的特殊技能，无人庇护的情况下，在这样一个弱肉强食的时代，不是死于乱刀之下，就是被人踏在脚下。

我思考了很久，久到他都泡完了一个澡，换了身干净衣服绕过屏风，走了出来。

直至他坐在了我对面，我方才得出一个最终答案。

我说：“我孑然一身，漂泊无去处，届时只求贵派给我个安安稳稳过日子的地方。”

说白了，我就是在求庇护。

易水寒倒也没拒绝，我俩就这般达成了协议。

第二天天一亮，我便拿着他给的银子四处去找可雇的马车，易水寒说，这一块是鱼龙混杂之地，不一定有人愿意犯险走夜路，故而很可能租不到马车，起先我并没将这话放心上，直至我跑了整整一上午都没租到车时，我才终于信了。

我本都做好放弃的打算了，却在最后的关头误打误撞租到了一辆车。

虽然这辆车破到四处漏风，还散发着一股子说不清道不明的恶臭，我也依旧心情愉悦，起码不要用脚走了。

我与易水寒以及马车车夫一行三人在吃过午饭后启程出发。

这车夫倒是嘴皮子顺溜，一路上不带停歇地在给我们说故事。

什么义侠大战悍匪啦，什么神犬救主啦，吧啦吧啦一大通，还全都是我没听过的。

我倒是听得有滋有味，可易水寒却始终皱着眉头，像是在嫌弃车夫聒噪。

我本还想继续听下去，可他终究是病人，也确实不能处在太过吵闹的环境里。

于是，我便钻出车厢，轻轻拍了拍那马夫的肩："师傅，您可歇一歇吧，我师兄要睡啦。"

说实话，这古代的马车还真没我想象的好坐，也不知究竟是这车太破还是路太颠簸。

没了车夫的故事来吸引我注意力，我全身心都投入在这颠簸的路面上了，易水寒倒是出乎意料睡得香。

没了车夫的故事，易水寒也不陪我说话，我实在无聊得紧，索性侧着身子蜷缩在车厢内发呆，随后，竟这么不知不觉地睡着了。

当我再度醒来的时候，夜幕已低垂，一口气睡太久的我只觉脑壳疼。

我捂着脑袋瞥了眼易水寒，只见他依旧维持着我睡着前的那个姿势，也不知是没睡醒，还是闭着眼在假寐。

我又躺在车厢内发了会儿呆，马车突然停了下来，一直沉默不语的车夫突然道："入夜了，还请两位公子下车歇歇脚。"

我才准备推一把易水寒，他便睁开了眼睛。

见此，我只得讪讪将手收回，推开车门跳下去，我才落至地面，站稳脚跟，便被呈现在眼前的景惊得说不出话来。

先前看上去还一副敦厚模样的车夫，立马就换了张脸。

他道："二位小公子，想去哪儿？洒家送你们去地府走一遭好不好？"

第八章

◆血　海　深　仇◆

我们都没错，只是我们想守护的，恰恰好是对方所想毁灭的，仅此而已。可我呀，终究还是没能狠下心来。

我想都没想，便道出两个字："不好。"末了，又因自己的冲动，而觉得自己是个智障。

那车夫，啊不，应该是劫匪，并没有因为我这句话而变脸色，他依旧笑得一脸狰狞。

他那笑着实看得我瘆得慌，我艰难地咽了口唾沫，连忙撇头去看易水寒。

易水寒倒是一如既往的淡定，想必他这种武林高手要动手去收拾个劫匪是件相当容易的事。

然而问题就在于，现在我们面对的不是一个劫匪，而是整整一群劫匪啊，他又不能运功动内力，能行吗……

我心中打着退堂鼓，不停朝他使着眼色，不料他却视若无睹，

“噌”的一声将剑拔出。

我不禁心中一紧，心道：这是要开打了吗？

然而出乎我意料的是，这货居然来了句：“我身上最值钱的便是这把剑。”

我险些“哐当”一声栽倒在地，默默吐着槽：这货未免也太不靠谱了吧！是要拿剑保命的节奏吗？

那带头的劫匪，也就是车夫，不屑一顾地嗤笑出声：“一把破剑而已，能值几个钱？”

易水寒自稳如泰山，又摘下自己的荷包：“里面有两张银票和少许碎银。”

我嘴角抽搐，压根儿说不出话来，也是万万没想到他竟比我还没骨气。

带头的劫匪煞是满意地收走了他的荷包，剑却弃如废铁般地丢在了一边。

一把这么好的剑就这般被人随手丢在地上踩，连我看了都觉肉痛，那把剑的主人却连眉头都不曾皱一下，从某种角度来说，他倒也是能忍人所不能忍。

收完易水寒的东西，劫匪又把目光落至我身上，其目的不言而喻。

我身上是真的什么都没有，这教主也没随手往怀里揣金条银票的习惯，故而我不论怎么摸，都找不出哪怕是一丁点值钱的玩意儿。

劫匪见我掏不出钱财来，神色又变了，甚至我都看到他手下那一圈人握着刀的手紧了紧。

我知道，我若是真的一分钱都掏不出，那些劫匪定然会毫不留情地一刀将我劈了。

我从未如此紧张过，浑身都在止不住地颤抖，事已至此，我早就不对易水寒那货抱有任何希望，他连自己都救不了，又谈何来救我。

难道我真要死在这里了吗？死在一群劫匪的乱刀之下……

如此一来，我特意回来又是为了什么呢？

我突然觉得自己来的这趟莫名地好笑。

在我彻底绝望之际，我感受到有人在轻轻拍我的手，我绷着的神经不禁一松，原本紧紧捏成一团的拳也彻底松开了，然后，我感受到自己掌心里被人塞进了一块凉凉的东西，温润滑腻，手感像是玉。

我抑制不住地弯起了嘴角，一股说不清道不明的情愫瞬间涌上心头。

在那群劫匪即将发作之际，我摊开了手掌，那里果然躺着一块通透的玉。

我是个没什么见识的人，只觉这块玉好看得出奇，除此以外便看不出任何门路，可那群劫匪不一样，他们纵然都是些山野莽夫，打劫打多了，自然识货。

我摊开掌心不久，便听到了一阵整齐划一的吸气声，每个劫匪都恨不得把眼睛贴我手上去看那块玉。

我以为，只要我能交出值钱的东西，那群劫匪便能放过我。

岂知，那带头的劫匪收走玉后又突然变了卦，理由更是让我无语泪凝噎。他说，我们能一口气拿出这么多钱财和一块价值连城的玉，肯定就不是普通人，与其放虎归山，倒不如直接把我们给杀了以绝后患，反正死人是不会说话的。

大抵易水寒也没见过这么出尔反尔又不讲道义的劫匪，一向淡定的他明显脸色一变。

我不想死，更不想这么窝囊地死在一群劫匪手里，在他们即将举着刀砍来之际，我连忙扯着嗓子吼了一声：“等等！”

几乎就在我话音落下的一刹那，所有劫匪都维持着举刀的动作站在原地，不知道的还以为他们被人施了法，定在了原地。

我也没想到自己这一嗓子竟然有着如此强大的威力，实际上我根本就没想到自己要说什么，却又不敢让他们等太久，只能急中生智，从怀中摸出两根教主书房里摘来的辣椒，开始一本正经地胡说八道：“你们知道这是什么吗？”

果然不出我所料，在这里辣椒是个稀罕的东西，劫匪们摇头一连声道：“不知道。”

我实在是不知道该怎么编，索性两眼一闭，稀里哗啦一通乱说：“我手中拿着的可是妙蛙种子，你们知道妙蛙种子是做什么的吗？妙蛙可是千年难得一见的神物，据传集齐了七颗便可召唤神龙啊！”

劫匪们听得一愣一愣的，其中带头的那个说了句：“这东西洒家可没听说过啊。”

我拿出雪姨的气势来，很是不屑地朝他翻了个白眼：“没听说过就对了，你们又可知我和我师兄究竟是什么人？”

劫匪们继续摇头，我又是一个白眼翻过去：“连我们是谁都不知道，还敢来打劫？”

“我名唤白素贞，我师兄名唤孙悟空，他可是赫赫有名的背锅侠的后裔！我俩打东土大唐来，是要去西天召唤神龙，来解我师兄身上奇毒。”

听我忽悠这么久，终于有个别的劫匪坐不住了，他一脸迷茫：“这可跟咱们有啥关系啊？”

“怎么就没关系！”我不由分说朝着他一通乱吼，“你个没见识的！知道神龙是什么吗？它不仅仅能解毒啊！但凡找到神龙者都是上天选中的孩子，是能够飞升成仙的啊！你知道得道飞升成仙意味着什么吗？常言道快活似神仙，一旦成了仙可就与天同寿想有多少钱财就有多少钱财，想有多少美人就有多少美人啊！”

我反正闭着眼睛噼里啪啦一通乱说，气势足到连我自己都以为真有这么一回事，更遑论那群比我还没见识的劫匪，也就易水寒那货依旧一脸冷漠地站在那儿，静静看着我装逼。

我也是万万没想到这些人竟这么好骗，所以，当那带头的劫匪提出让我带路，领着他们一同去寻找神龙的时候，我整个人都要崩溃了。

这种随口编造的东西叫我怎么找嘛……

我兀自懊恼着，易水寒那货竟不知何时捡起了那把沾满泥土的剑，双手环胸，似笑非笑，全然一副看好戏的神情。

我暗自咬了咬牙，索性豁出去了，继续编：“正所谓神龙见首不见尾，昨日我夜观星辰，见有一吉星落至凉山，故而第三颗妙蛙种子定然就在凉山上！”

带头的劫匪两眼亮晶晶：“姑娘你可真是仙姑在世啊！凉山距离此处相隔数千里，你究竟是怎么看到的？”

若不是他拍着大腿一脸激动，我大抵会误会他在挖苦我。

我又是一个白眼翻过去，满脸高深，故作神秘：“正所谓天机不可泄露也。”

总之，一群莫名其妙冒出来的劫匪就这么莫名其妙地被我给忽悠了过去。

凉山那地方也是我随口瞎说的，若没记错，伽罗教左护法好像就是被我发配去了那里。

思及此，我又猛地摇了摇头，应该不至于这么倒霉，一过去就给撞上了吧。

当然，这种事谁都说不透，只能看究竟是有缘还是无缘。

那群劫匪办事倒是利索，说跟我走，就真二话不说，全跟着我去找妙蛙种子。

我和易水寒依旧坐那辆破破烂烂还散发着恶臭的马车。

我百无聊赖地在车厢内打着滚，他则一言不发地抱着那把剑，不停地擦拭。

许是看不惯他那装逼样，又或者是我着实太无聊了，又滚了两滚，便停了下来，贼兮兮凑过去："你那时候不还说我没骨气吗？现在你怎么就突然比我还没骨气了？"

面对我的刻意挖苦，他依旧不为所动，甚至连眼睫都不曾颤一颤："我还不能死。"

我本以为他压根儿就不会搭理我，又或许会继续吐槽我，却是怎么都没料到，他竟会这么回。

我一时间都不知道该怎么去接话，只得又换了个话题，压低声音继续与他说："我们大概还有多少时间呀？尽量在这段时间内将他们一一解决掉。”辣椒我这里倒是还有不少，可也总不能一直带着他们跑下去吧。

他的眼睛从头到尾都不曾离开那把剑，垂着双眸，淡淡道：“我自有办法。”

讲真，我并不是很相信他的话，一直都对他表示怀疑。

然而我也是怎么都没想到，我们一行十人才至凉山地界，那群劫匪便突然暴毙。

望着那倒了一排的尸体，我简直目瞪口呆，连连退了十来步，方才抬头问他：“你究竟是怎么做到的？”

这些日子，我与他同吃同住，他若是动手了，根本就逃不过我的眼睛呀。

他却不甚在意地道，他用来泡澡的药材中近一半都是有剧毒的，他每日煎药的时候都会特意端着药罐从他们身边经过。

他说到这里的时候，我一脸恐慌地打断：“停停停！你的意思是他们都是被你的药材给熏中毒了？”

他闻之微微颔首：“正是。”

我突然又蔫了：“那我呢？那我呢？我这每日与你朝夕相伴的，岂不是毒入骨髓，根本就没有救了？”

他全然一副懒得跟我多解释的模样，我很是忧心忡忡地抱着脑袋思索了好久，方才想到一个细节，那便是，他每次端着药经过的时候，那群劫匪都正好在喝酒，而我又从不喝酒，所以，单独被药熏了不会中毒，一边喝着酒，一边熏着药才会中毒！

待我睁大了眼睛与他说出自己的发现时，他才终于用正眼看我了：“还不算太笨。”

虽然被他这么损让我很不服气，可我还是忍不住打心底里称赞他机智。

这种事换成我来应对，大抵就只能混吃等死。

不过短短十日，我对易水寒的印象便变了不下三次，我甚至都在想，若是一直和他待一起，究竟会是怎样的滋味。

我犹自浮想联翩，易水寒却径直走向了那劫匪头子，拿回了自己的荷包。

我见之，连忙凑上去瞧，这些天那些劫匪都在用易水寒荷包里的钱，一路走来可谓是吃香喝辣，我倒是想知道他们究竟用掉了多少钱财，可易水寒却浑然不在意，甚至看都没看荷包里的钱，只将一同被塞进荷包里的那块玉拿了出来，细细擦拭了好几遍，方才重新收进自己怀里。

他虽不曾说，我也能猜个大概，这块玉对他而言，定然十分重要吧。

我不知道究竟是什么能让他对我这种陌生人做到这种地步，我盯着他望了半晌，终于重重地说出两个字：“谢谢。”

他依旧云淡风轻，仿佛什么都不在乎的模样，只轻轻“嗯”

了一声。

我是憋不住话的人，想到什么就必须得说出来才痛快的那种，思忖很久，我方才问了句："这块玉对你来说，一定十分重要吧，你就这般轻易地借给了我，万一真要不回了，又该怎么办？"

我对这个问题是真感到好奇，殷殷切切望了他半晌，结果只等到两个字："不会。"

这些天的相处，倒也让我摸清了他的性子，他既不愿多说，哪怕我磨破了嘴皮子，都别想从他那儿多挖出一个字。

我轻声叹了一口气，只得作罢。

快入夜的时候，我终于与他走到了凉山脚下的镇子里。

凉山这个地方可真是地如其名，又荒又凉的一座山。

赶了整整一个下午路的我都快饿得前胸贴后背，烤鸡、烧鹅、红烧肉什么的统统都挥之不去地在我脑子里打着转。

好不容易才找到了小镇，头一件事自然就是下馆子。

然而，有些东西，大抵真是命中注定，不论怎么去躲，都逃不过。

我与易水寒并肩而行，前脚才踏过饭馆里的门槛，眼角余光便瞥到了一抹淡青。

许是我平日里用眼角余光瞥左护法瞥多了，故而这个角度的他最是令我觉着眼熟。

我足下的动作不禁一顿，目光亦随着他所在的方位飘去，这一眼，只见一袭青衫的他坐在个比我还长得娘的少年的对面。

明明知道没有人见过教主的脸，在瞧见左护法的一刹那，我还是忍不住颤了颤，甚至都生出了要换间饭馆的念头，可这镇上也是真穷，连第二家像样的饭馆都找不出。

我内心几番挣扎，想了又想，仍是抬起左脚迈过了那座门槛。

我尽量找了个离他们远的位置，易水寒的表情似乎也有些不对劲。

我本想开口去问，他是不是发现了什么，结果本还好好坐在那儿的左护法便提着一壶酒走了过来。

本就有几分紧张的我，越发心跳如雷，当他停下步伐，直直停在我面前时，我几乎就要夺门而逃，仅存的理智让我选择将屁股牢牢粘在凳子上。

我不停地在心中安慰着自己：没有人见过教主，没有人见过教主，他一定是来找易水寒的，他一定是来找易水寒的！

打破我妄想的是左护法一句轻描淡写的话：“教主别来无恙。”

我不知道我此时脸色如何，我只知我已经忍不住开始发颤，至于一旁的易水寒，他究竟露出了怎样的神情，我已无暇去观看。

我愣了近三秒钟的时间，方才反应过来，连连摇头：“不不不，你认错人了。”

“教主您又任性了。”他发出一声低笑，“您莫不是忘了，属下是见过教主脸的。”

这下我是真慌了，又道：“天底下长得相似的人多了去了，我叫何田田不是你们教主。”

左护法此时大抵正在心中暗骂智障，因为我又听到他说：“那您眼角下这颗泪痣可是真的？长得再像的两个人，总不会连泪痣的位置都一模一样吧？”

我是真不知该如何接话了，只能豁出去，一顿瞎说：“可能我真是你们教主吧，但我已经不记得你是谁了，也忘了自己究竟是什么人，换而言之就是我失忆了，你懂吗？”

直到现在，我才终于抬起了头，直视他的眼睛，露出一副无赖的表情。

他眼中透露出几分无奈来，幽幽一声叹息：“怪不得今日的你与平日有些不一样。”

我忍不住在心里翻了个白眼，什么叫作与平常不一样，我和那魔教教主能一样吗？认人不能只认脸好吧，区别大着去了呢！

“可即便如此，属下仍得带你回去。”

于是，我便这般送羊入虎口，一同被左护法给抓了，哦，并不，只有易水寒是被抓，我是被请回了凉山分舵。

起先，我只当易水寒是剑气宗的普通弟子，又岂料到他竟这么有名，竟是现下风头最盛的少年剑客。而那一直坐在原地看好戏的少年也不是别人，正是我教左护法的弟弟云中月，恰是那天拍了易水寒一掌之人。

易水寒可算是被我害得翻在了阴沟里，他人被抓了也就算了，就连那所谓的藏宝图也一并被我教给搜刮走了。

他大概已经恨死我了吧。

所幸，我这教主的身份仍有效，倒是轻轻松松便将他这等重犯给放了出来。

我握住他的手腕，在夜色里一路狂奔，夜很深，我看不清他的脸，亦看不到他的表情，不知此时的他究竟怀着怎样的心情。

大约十五分钟后，我便带着他抵达分舵后门。

我握住他的手终于收了回来，上气不接下气地说：“你走吧。”

听到我这句话，他终于露出了笑，只不过是令人心悸的冷笑，他道：“教主冰雪聪明，易某拍马莫及。”

听了他的话，我只觉头大。

“我确实没想过要害你……”事已至此，我再怎么去解释，他恐怕都不会信。

我有些泄气，也不准备再说下去，只是推了推他的背：“你赶紧走吧。”

夜色依旧那么浓，我仍看不清他的表情，只听他的声音随着晚风漫开：“你究竟有何意图？”

我没回他的话，只低头笑了笑：“你再啰唆，我可要反悔了。”

那是我记忆中最后一次与他这么近距离说话。

彼时的我只知道，要快些放他走，已经害他丢了藏宝图，不能再让他丢了性命，又岂知道，我与他将会迎来怎样的宿命。

当夜子时，一个失眠了的我兀自在床上打着滚。

约莫滚到第三十二圈的时候，突然有人来敲门。

我尚未来得及应答，屋外便传来了左护法的声音，他说：“教主，您果真什么都不记得了？”

这句话他对我说了不下三遍，我很是无奈地叹了一口气，隔着房门与他对话：“左护法是来问罪的吗？”

他不曾回答，自顾自地说了一大通话：“易水寒乃是大兖名将易乾的遗孤。十九年前，易乾战死遂州，我方神勇大将军下令屠城，大兖边城遂州上万人一夜间被我军屠了个尽，其中正包括刚刚产下易水寒的易夫人，唯有被易夫人藏在米缸中的幼子逃过了这一劫，后被易乾与其夫人的故交寻到带走。”

我不知不觉便停止了打滚，他的声音仍在绵绵不断地传来：“这段过往正是易水寒这个名字的由来，这个名字时时刻刻都在提醒他，他究竟背负着什么，他与您之间不仅仅是隔着国恨，还有着化不开的血海深仇！”

我不知左护法究竟如何知晓这些秘事，我只知现在的自己是真的心累。

我不想回复他，不想说话，亦不想发出任何声音，只想静静地躺在这里，像条咸鱼一样一直躺下去。

我不知道自己究竟沉默了多久，久到连站屋外的左护法都已经失去了耐心。

他发出一声重重的叹息：“明日，咱们就该启程回兰斯了。”

我闻之，不由得一愣：“回兰斯干什么？”

“或许您又忘了易水寒身上那张藏宝图究竟藏着什么，那里藏有数以万计的金银财宝，是当年中原近一半的富商募集给易家军的军火钱，那些钱足以组建一支最顶尖的精锐部队，那支部队现在是属于郡主您的了。”

我本听得好好的，可一听到“郡主”两个字，又整个人都不好了，一脸蒙逼地反问了句：“郡主？”

“对，您不仅仅是伽罗教教主，更是我们兰斯国的郡主。”

这一刻，我如遭雷劈，我真没想到龙行渊竟还有这么个隐藏身份。

翌日清晨，天一亮，我便被左护法差来的人喊醒了。

我迷迷糊糊爬上了马车，不曾料到马车中还坐有一人，于是，在看清那人脸时，我的瞌睡全跑了，我揉了揉眼睛望向那人：“咦，左护法你要和我共乘一车吗？”

我与他既是上下级的关系，又孤男寡女的，在这个时代着实不太适合共乘一车，当然，我与易水寒那时候是因迫不得已，而且我作为一个现代人，本身也不太重视这些，可左护法他不同，正因如此，我才会在这种时候发出质疑。

左护法并未当面回答，他神色庄重、端端正正坐在马车里，让我看了不禁对自己所说的话感到羞愧。

他道："郡主，属下有话要与您说。"

我不禁愣了愣："什么话？"

天真如我，还以为他真有什么不得了的话要与我说呢，结果，到头来，一直在跟我说龙行渊的家世。

他讲了很多也讲得很详细，概括起来也就只有那么几句话。

龙行渊的父亲是大兖人，母亲则是兰斯国的镇国公主，她的父亲当年算是被迫娶了镇国公主，与公主成亲不到三个月便上吊自缢，这镇国公主权势通天，兰斯国的国主本就对她有所忌惮，一直都在想尽办法削弱她的势力，直至十年后，也就是龙行渊九岁那年，镇国公主方才败下阵来，被赐白绫三尺，了却她这传奇的一生。

听完这番话的我不胜唏嘘，只不过，我倒有些不明白，不明白他为何选在这时候和我说这些，我甚至怀疑他是否真觉得我是龙行渊，从他那么淡然地接受我失忆到现在，不论我怎么去想，都觉得有违和感。

我从头到尾都不曾说话，一直静静地听着，直到他说，这一次回兰斯，是为了给我组建一支军队。

我方才又问道："那伽罗呢？"即便距离那时候已经过去很久，我依旧对那件事感到愧疚，当初若不是我什么都不懂，左护法就不会被发配到凉山，教内就不会被人攻破。

左护法却不甚在意地笑了笑："阿云已经回到了伽罗，叛徒已被肃清。"

不知道为什么，我总觉得自己听不懂他这通话，可我也不准备在这上面死磕，话锋一转，又扯到了令我觉得惊骇的组建军队一事上。

我说："真可以大剌剌地组建自己的军队？"

他甚至都没抬头看我一眼："郡主以为您的母亲，镇国公主这封号究竟是怎么来的？她正是当年赫赫有名的神勇大将军。"

重弹一记接一记轰来，我觉得自己的脑子都有些转不动，愣了许久，才憋出一句话："所以，当年是镇国公主下令屠的城？"

左护法微微颔首，又摇摇头："不算，公主也只是奉命行事。"

这下，我算是真明白了，明白他当初为何要说上这么一番话，即便易水寒现在不知道伽罗教教主正是神勇将军的女儿，将来也会知道，我与他之间可真是隔着化不开的血海深仇。

就在我发愣的空当，我的手腕又猝不及防地被他握住了。

我心中一震，瞪大了眼望着他："左护法……你这是干什么？"

他却直接略过了我这句话，微微勾起了嘴角："果然不出您当日所料，而今您的内力恐怕已恢复了三成。"

我又是一脸蒙逼，压根儿闹不明白他在说什么。

许是我现在这副模样看起来太像个智障，他慢条斯理地收回手，开始不慌不忙地与我解释着。

于是我又知道了。

原来当日我装睡的时候，他不是在吃我豆腐，而是如今天一样在替我探脉测内息。

在我还没穿上这副皮囊的时候，正主龙行渊为修炼一门神功而遭反噬，暂时性失去了所有内力，于是她便将计就计，设了个局，一举歼灭蛰伏在教中的叛徒。

原本一切都该顺利进行，结果谁又能料到，正主龙行渊她真挂了，转而由我上来顶替。

短时间内知道一切内幕的我简直震惊得说不出话来。

可到了后头，我与左护法抵达镇国公主当年的封地时，我又整日累得说不出话来。

凭良心来说，我真觉自己不是个练武的料，空有一身雄厚的内力，却还是只菜鸟，即便天天被左护法握着鞭子在后头赶着练功，也依旧只是个勉强勤奋的菜鸟。

我都不知该用怎样的语言来概括这段时间的经历。

总而言之，就是白天不停练功，晚上不断思考人生，始终闹不明白，我过得这么苦究竟是为了什么。

时间一晃而过，转眼已是第二年。

彼时的我天天被左护法逼着练功，又岂知道自我回来之后，兰斯朝堂之上的那番风云巨变。

当今国主既看镇国公主不顺眼，自然也没法将我看顺眼，加之，近日又从大兖传来个小道消息。

说当年大兖神将遗孤易水寒重归朝堂，还被封了个职位不小的武官来当。

兰斯国主向来都是个横行霸道的主儿，他连替自己打下胜仗无数的神勇将军都能说弄死就弄死，又岂能容忍杀了自己无数大将的易乾之子继续在眼前瞎蹦跶。

国主怒了，后果很严重。

作为一个强国，一个完全不把大兖这种国防差到没边的弱鸡国放眼里的强国国主，他当即就派人去挑衅，明明白白告诉大兖，你不把人交给我也可以，那我就派人过去和你讲道理，简称，打你。

这兰斯国的国主如意算盘倒是打得响，又岂料到，向来软弱，别人提什么就答应什么的大兖这次居然硬气了一回。

我看好戏似的听着左护法说这些事，每每听到精彩处，都会乐不可支地拍着大腿狂笑，全然没想过还有“乐极生悲”这等事。

故而，在我嗑着瓜子连笑三日后，便悲了个剧。

那日左护法恰好有事出了趟远门，本以为能偷上几天懒的我，大清早就挨了一道晴天霹雳。

国主竟以虎父无犬子为由，硬逼着我率兵出征。

我整个人都要被吓傻了，左护法这时又偏偏不在。

我脑子再怎么不好使，也能大抵猜到，国主这是在拿我当枪使，否则又岂会信誓旦旦，说我们这次只是过去跟人讲道理，即便是真打起来了也没关系，大充这般不堪一击，五千精锐足矣。

我虽对这种事没什么概念，却也能大致猜到，这国主究竟是打的什么算盘。

左右都是拉着我去送死，等我死了，他便能名正言顺地派人去打大充，可谓是一石二鸟，既除了我这眼中钉，又有了正当的理由继续欺负人家大充。

我自然是不想去，可他终究是一国之主，权势滔天如镇国公主，也是人家让她上吊她便上吊，更何况我这小菜鸟。

这一战一如所有人的预料。

我果然被打得很惨，除此以外，倒是有两点出乎我的意料，一，领兵之人竟是易水寒，二，敌方兵力出乎意料的强，说好的五万精锐成了三万，说好的大兖只有步兵成了光是骑兵就占了整整一万。

这一刻我算是明白了，我这人啊是真倒霉，不仅仅是被兰斯国主明着算计，就连从前那乖顺如小绵羊的大兖也都敢与我玩花招。

毫无疑问，我根本就是被易水寒按在地上打，不过半日，我方就已全军覆没，只剩孤立无援的我与易水寒遥遥相望。

我想，他这一次一定不会放过我吧，事已至此，他不可能还不知道我兰斯郡主的身份。

遇上我这种情况，但凡有傲骨的大抵都会抹脖子自尽，没傲骨的也就是把剑丢了，束手就擒，可我这人呢，偏偏就有个寻常人都没有的优点，那便是热爱生命。

于是，在所有人都以为我会举剑自刎抑或是投降的时候，我选择了掉头就跑。

我身后的人，此时大概都是一脸蒙逼吧，可我管不了这么多，我只知要跑！要快些跑！

我不知自己究竟策马跑了多远，直至我胯下那匹战马累到了极限，发出痛苦的嘶鸣，然后易水寒便骑着他威风凛凛的白马追了上来。

所以说呀，骑着白马的不一定是王子，也可能是索命的死神。

与战马一同摔到了地上的我已无暇去关心自己的生死，只是好奇，怎么只有他一个人追了过来。

这个疑问才从脑中冒出，易水寒的身后便出现了一个黑点，然后我看到那黑点与易水寒一样，不停朝我所在的地方拉近，直至易水寒离我不足百米远时，我终于看清了那个黑点，那不是别人，正是骑着马不断奔来的左护法。

一时间我心中百感交集，我既希望他快些过来，又想让他别管我，赶紧逃。

眼看易水寒就要逼近，我咬牙握住了落在地上的长枪，而这时候，左护法他竟弃了马，直接运着轻功飞来，不过眨眼间的工夫，便已落至易水寒身后。

我看见左护法面色苍白，一贯素雅的青衫上沾满了鲜血，不知究竟是他自己的，还是别人的。

此时此刻，我已不知自己究竟该悲还是该喜。

他却一剑砍断了白马的腿，在易水寒落地之际，又一把扑上去，抱住了易水寒的腿，并且大声朝我吼："郡主，快走！"

泪水毫无征兆地流了出来，我明明知道这时就应该听他的话，赶紧握着长枪逃，可我的腿就像在地上扎了根，怎么也迈不动。

再然后，我便看见易水寒一剑落了下去，他银白的盔甲上霎时开出一朵殷红的花。

我再也克制不住地哭出了声，那脚下的“根”被应声斩断，我哭得上气不接下气，直直朝他跑去。

我看见易水寒再一次举起了那把重剑，我却视若无睹，抱着他已然软瘫的身体，不停地哭：“你怎么这么傻？我不是从前那个龙行渊，也不是你想要守护的人！”

他的眼神一如既往的温柔，惨白的嘴角勾出一抹笑：“属下知道，从一开始，属下就已经知道了，可您既占了这副身子，便是属下的小郡主。”

我从未发现自己竟这么没用。

怀里的他身体在一点一点地变僵硬，而易水寒的剑却迟迟不落下来。

我以为自己必死无疑，和我的左护法一样，死在易水寒的剑下，易水寒却“噌”的一声将剑插回了鞘里，头也不回地转过了身：“走吧，从此你我两不相欠。”

他将重剑背在背上，像极了江湖里那些意气风发的少年剑客。

他这个人呀，我是真有些看不透，时而冷血无情，时而又在不经意间给人一线生机。

我嘴角翘起一丝讥诮的弧度：“易将军莫不晓得，您这是在放虎归山？”

他背对着我，我压根儿就看不到他此时的表情，可我能从他的声音里听出，他毫无畏惧，甚至还有些蔑视：“打虎人又何曾畏惧猛虎，更何况，你连幼虎都不算。”

我被他这句话怼得哑口无言，可他这话根本就是事实，终究还是我太弱小，我若是强大了，左护法又岂会……

我擦干了仍在脸上流淌的泪，用哭到嘶哑的喉咙又勉强说出一句话：“走之前，你可否再回答我一个问题？你们大兖不是没养马地吗？怎突然多出了这么多的战马和战士？”

我看见他足下一顿，隔了足足半分钟，他才回答：“因为金国公主想嫁给我。”

金国是这世上唯一能与我霸道兰斯对抗的大国，金国人个个骁勇好战，战斗力直逼成吉思汗时期的蒙古帝国。

我笑了笑：“原来是这样。”

……

那是我的第一战，以全军覆灭独留我活收尾。

半个月后，我在大兖边城遇到了右护法云中月，他将我带回了伽兰教，并且重新翻出了那幅我根本就没看过的藏宝图。

过去一年的时间里，云中月一直都在忙这件事，直至前不久，才教他确认了那处藏宝地。

我的日子终于不再浑浑噩噩，一个名为责任的名词支撑着我。

从前的我始终无法融入这个世界，选择性忽视掉小精灵所说的话。

龙行渊不是别的什么人，她是我的前世，是另一个世界的我。

况且，即便龙行渊不是我的前世，我既占据了她的身体，理应要担负起，她曾担负的东西。

那场败仗之后，我在世人眼中消失了整整五年。

易水寒对外宣布我已葬身沙场，几乎所有人都以为龙行渊已经死了，伽兰教教主是兰斯郡主的消息也已传遍大兖。

可这由镇国驸马一手创建，后由镇国公主发展壮大的庞然大物又岂会因此而溃散。

四年前江湖中出了位侠女，名唤何田田，听闻那侠女聪慧过人、神功盖世，出道不过一年便当上了伽罗教的新教主，还扬言要以一己之力改造伽罗教，乃至整个武林。没有人知道那位侠女究竟打哪儿来的，只知她自称是蜘蛛侠的后人，于是她在江湖上便有了个十分响亮的名号，盘丝大仙。

好吧，这通鬼话我其实也是从别人那儿听来的，起先我只想给自己瞎掰个看起来十分棒棒哒的身份，也是万万没想到，怎么就被人喊成了白晶晶。

让我换个身份继续当教主，这主意是云中月出的。

如果说左护法是城府深沉且稳重，那么这个右护法则神经兮兮加一肚子坏水，与我甚是投缘。

于是，我俩一拍即合，一同携手忽悠了整个武林。

藏宝图里的宝藏早在五年前就被我俩弄到了手，伽兰在我俩的共同管理下，五年内扩充了整整二十倍，教众广布大兖乃至整个兰斯，只比武林第一大门派丐帮人数少上那么一丢丢，可谓是近些年来风头最盛的门派。

龙行渊再一次出现在世人眼前，也就是五年后的今天。

我孤身前赴兰斯，寻到镇国公主从前的门客，十分愉快且顺利地见到了兰斯国国主。

如我所预料，兰斯国国主见到我的一瞬间整个人都不好了，我言笑晏晏，行了个国礼，道声：“拜见国主。”

我这次来见国主的目的十分明确，那便是主动请缨去与大兖打仗。

因镇国公主的关系，国主本就看我不顺眼，好不容易把我给整死了，结果才过五年我又诈尸了，此时此刻，他没强行把我塞棺材里已经算是仁至义尽了，我还想继续窝这里学镇国公主一样去打仗，简直是做梦。

可他好歹也是一国之主，总不能真想到什么就说什么吧。

于是，我和他进行了漫长的谈判，最终结果是，他只给我个出战的名头，至于那些马呀兵呀装备什么的，他统统都不管，拒绝得可真够委婉。

实际上，我也只需要这么一个出兵的条件，待到时机成熟，还怕夺不回镇国公主曾经拥有的一切？

纵使国主不给我一兵一马，我也无所畏惧，如今伽兰上下整整四万人都是我的战士。

钱财、兵马我皆有，只需等到这个时机。

所以，当我真率着浩浩荡荡四万大军冲往沙场时，国主整个人都蒙逼了，听说气得躺在床上险些起不来。

可这又关我什么事？

只可惜我的第二战遇上的不是易水寒。

我的军队里皆是些江湖异士，加之我打仗又不走寻常路，遇上人家骑兵时，我会率先派出一群轻功了得的弟子上阵，他们穿着特殊的服装戴着特制的面具，一上去便狂洒云中月精心研制的辣椒花椒水混合物，等人家的战马被辣椒水干翻了，抑或是吓跑了，我再派骑兵上去碾压人家的步兵。

好端端的战场被我搅得乌烟瘴气，可是我乐意。

都说兵不厌诈，又有谁能否认，我这不是靠智取？

首仗告捷，我旗开得胜，一口气撵着他们跑了三十里，攻下城楼一座。

三日后，稍作休憩的我再度领兵前行，辣椒水与毒雾齐飞，一路如破竹之势，我直捣黄龙再夺两城。

短短三月内，我连攻三城，那本看我不顺眼的国主也突然对我献起了殷勤，直呼，虎母无犬女，我白眼翻破天际，敢情在他看来，镇国公主还真是只母老虎。

不过，我这人可不会因取得一点儿成绩便开始骄傲自满，纵使外界都在传我是如何用兵如神，宛如战神在世，我自己心里也清楚，我这些花招不可能一直用下去，起先人家或许会被我打个措手不及，可到了后边，自然也就有了防备。

越到后边越是要看真本事，更何况，正主易水寒尚未出面。

我再次遇上易水寒是在半年以后。

那时我储备的辣椒与花椒都已用完，新种下的也还正开着花，尚未结出辣椒来。

我只能凭自身本事去与他战。

我与他所带的那支铁甲兵，兵力不相当，两方僵持不下，只得让双方大将出马来战。

那大抵是我有记忆以来打得最久的一战，我与他不眠不休地在沙场上战了整整一天一夜，两方的战士不知换了几轮，唯有我俩依旧在不停地战，直至次日天明，我与他方才一同双双跌落战马。

我已经记不清自己刺了他多少枪，也已辨不明究竟受了他多少剑，我只知到了最后，我与他都是精疲力竭累倒的。

双方大将一同坠马，原本松懈了的两军纷纷绷紧脑子里的弦，一触即发。

我与他一同发话，勒令己方的军队勿要轻举妄动。

我与他就这般相顾无言地躺在了黄沙地上，相隔不过半米的距离。

不知怎的，我突然想起了第一次与他见面时的场景，那时，我还没看清他的脸，他便已用剑抵住了我的脖子。

有些东西，大抵真是冥冥中自有注定，仔细回想一番，才发觉，我与他相识六七载，说过的话竟不超过三十句，感动也只有多年前，他将那块玉塞入我手中的那一瞬。

那时的我尚不知晓，那块玉究竟意味着什么，可如今，我什么都知道了，那是虎符，是他父亲留给他最后的遗物。

可明白后的我呀，只更觉迷茫，越发不明白了，他何故为了一个萍水相逢的姑娘做到这一步。

我躺在沙场上发了很久很久的呆，本想转过头去，偷偷瞥他一眼，却在将头转过去的一瞬间，发觉他正好在望着我，我不禁愣了愣。

此时的我与他相隔不过半米之遥，近到足以令我看到他眼中一闪而逝的惊愕。

我俩谁都不曾移开视线，就这么躺在埋了无数枯骨的黄沙地上，你看着我，我看着你，全然不顾身边还有两队一直等着我们发号施令的大军。

足足过去了四五分钟，盯得我都快成了青光眼，我俩方才再次神同步，同时出声，将自己的兵马撤回了驻扎营地。

这一夜，我睡得很不安稳。我身上添了太多伤，虽无一处可致命，还是疼得我整晚整晚睡不着，临近天之破晓之际，困意方才浮了上来，然后，我做了个梦。

梦中的我回到了七年前，我与他刚智斗完劫匪的时候。

我与他一路北行，回到了将他养大的剑气宗，我成了他的师妹，然后又与他拜堂成亲，一同携手江湖，宛若神仙眷侣。

在此之前，我从来都不明白自己对他究竟怀着一种怎样的感情，不明白当初他中了云中月一掌的时候，我为什么会抱着他哭上一整晚。

梦醒后，我便明白了，我对他究竟是怀着怎样一种情愫。

他这样的人呀，又怎叫人不喜欢呢。我想，我从见他的第一眼便喜欢上了他，在他将玉塞进我手中的一刹那，我便连魂都丢了吧。

我浑身裹着绷带，像只木乃伊似的躺在床上，不停地胡思乱想。

我在想，他对我又究竟是种怎样的感情。

我甚至还将自己代入了他的视角，一番分析后，最终只得出一个结论，那便是，即便全世界的女人都死了，他也不可能喜欢我。

是的，他怕是恨我都来不及，又怎可能喜欢我。

我咬了咬牙，将那些乱七八糟的东西统统抛之脑后，一遍又一遍地提醒自己：“你要明白，究竟是什么支撑着你走到这一步，是五年前左护法的死给你换来的那丝生机。”

我不停地在心中默念：“下一次，下一次我一定要打赢，一定要亲手将他斩落，来报左护法的仇！”

半月后，我身上的伤大多都已愈合结了厚厚的痂，我与他再度开战。

又曾想到自这以后，我和他战了足足五年。

这五年间，我们都在奋力搏杀，从前的我身上根本无一处伤，而今的我伤痕累累，每一道都拜他所赐，可这又有何关系，我还回去的不比他给的少。

我与他的最后一战，定在三日后。

听闻三日前他公然拒了与金国公主的那门婚事，一直在背后给予大兖援助的金国国君勃然大怒，大兖皇帝更是怒不可遏，下了一道圣旨，他这一战若是再不能取胜，便提人头来见。

我这边也同样危机四起，我这一战拖了太久，久到都已经磨去了国主的耐心。

国主又派来一支军队，新的主将意气风发不可一世，可易水寒他不是普通人，本是江湖出身，早在七年前就已有江湖第一剑客之称，普通人又岂是他的对手，当日，那名主将便葬身他的重剑之下。

次日，只得再由我顶替上。

可我怎么也没想到，这竟会是我的最后一战。

那日，我与易水寒打得格外艰难，从前的我分明就能轻松应对，可今天的他却像是开了外挂一样，我一寸一寸被他逼退，两人从黄沙地打到悬崖峭壁，我浑身挂伤，鲜血潺潺，他却只有肩头中了我一枪，我是真的好气。

打到最后，我与他都被磨尽了全身所有的力气，大家都很累，却努力绷着最后一根神经，因为我们知道，这次与以往任何一次都不同，不论谁先倒下，另外一人都会冲上去，毫不留情地给予倒下之人致命一击。

和从前的每一次一样，这次，又是我与他一同倒下。

即将落地的一瞬间，我与他拼尽最后的力气，或是握枪或是持重剑，“噗”一声刺进了对方身体里。

我们都没错，每个人都有自己想守护的东西，只是我们想守护的，恰恰好是对方所想毁灭的，仅此而已。

可我呀，终究还是没能狠下心来，这一枪看似扎得深，实则避开了要害，他受了我这一枪，或许还能活下来。

而我呢，则被他一剑贯穿了心脏。

这一剑可真疼呀，明明在此之前我都受了那么多的伤，明明早该麻木了，为什么还会这么痛?

我从来都不是什么坚强的姑娘，动不动就爱哭鼻子，直到现在都还依旧怕着疼。

我不知道真正的龙行渊若是还活着会不会嘲笑我没用。

我只知道，我尽力了，还有，这一次我是真的累了，我想，只要我闭上了眼，便永远都不会再醒来了吧。

也好，不用醒来也挺好。

多年后，易水寒褪去一身戎装，背着他的重剑隐居山林。

邻村的小姑娘穿越竹海来看他，眼巴巴问着：“你为什么从不理我呢？是不是有喜欢的人了呀？”

易水寒不答，只微微颔首。

小姑娘的眼圈登时就红了，还是忍不住在问：“那你告诉我呗，你喜欢谁呀，她是个什么样的人呢？”

易水寒仍在低头削那根竹筷，头也不抬，声音却是前所未有的温柔：“她爱哭，她爱闹，她爱耍无赖，她是我见过最傻的姑娘，她能抱着个初见的陌生人不带停歇地哭上一整夜，她生死攸关之际还在为自己的仇人着想。世上怎会有这么傻的姑娘？”

小姑娘揉了揉眼睛，一脸不服输的倔强：“那她现在在哪里？”

“她死在了我剑下。”

结束章

◆ 长　剑　托　情 ◆

有大颗大颗的泪珠滚落，她压抑的情绪终于找到发泄的途径。

自从收到那个人的信笺开始，她只觉得心里很痛，却怎么也流不出眼泪，心里那团愤怒与绝望日日撕咬着她。他的样子如洪水猛兽出现在她每夜的梦里，他的笑容和往常一样温和俊美，于她却是最可怕的噩梦。

她始终不能接受这一夕的情变，他不出现，她也找不到他，似乎他就这么带着那个真正心爱的人从这个世界离开。与此同时，家国也一片狼藉，战火与离散，是日日的主题，她以为，不管生死，他们始终会在一起，却没想自此以后生死无关……

她的眼泪如泉涌，心里翻江倒海的痛苦并没有随着眼泪有所缓解，更多的是困惑和迷茫。

有人带着草木香气朝她而来，青年蹲下身，声音温和：“姑娘，你觉得他们这些人傻吗？痴吗？他负了她吗？还是她负了他呢？这世间情，是两面的，也许你看到的只是你自己的情，那个人的呢？他真的是负了你吗？”他从袖子里又掏出了一把长剑，剑身闪着奇异的光，“这件宝贝我就不收你钱了，送给你吧，我们也是有缘人。”

她抬起头，看着他手上的那把剑，在她抬头的瞬间，这剑上的光芒也越发耀眼，突然一束白光照进了她的眼中——

“我以为我能回来的，可国破家何在，看着我身边倒下的兄弟，我知道我要和他们一起战斗到最后。

“我实在找不到理由让你放手，唯有这个我自己想想呼吸都痛的方式。

“但是，我对你的感情从未改变，命是国家的，我的心从始至终都是你的。

“收到那封信，你一定会恨我，我希望你恨我，并带着这恨意好好地活下去。

“战场上的号角再次响起，已经是第三波反击。

“对不起，终是我负了你……山上的山茶花是不是开了，真想亲手再摘一朵山茶花替你戴上……”

图书在版编目（C I P）数据

烟雨斋 / 晚乔，九歌著. -- 贵阳 : 贵州人民出版社，2018.1（2021.4重印）
ISBN 978-7-221-14606-9

Ⅰ. ①烟… Ⅱ. ①晚… ②九… Ⅲ. ①长篇小说－中国－当代 Ⅳ. ①I247.5

中国版本图书馆CIP数据核字(2017)第331568号

烟雨斋

晚乔 九歌 / 著

出 版 人：苏　桦
出版统筹：陈继光
选题策划：大鱼文化
责任编辑：潘　媛
特约编辑：欧雅婷
封面设计：刘　艳
封面绘制：冬　生
出版发行：贵州人民出版社（贵阳市观山湖区会展东路SOHO办公区A座 505081）
印　　刷：北京时尚印佳彩色印刷有限公司
开　　本：880×1230毫米 1/32
字　　数：181千字
印　　张：9.125
版　　次：2018年2月第1版
印　　次：2018年2月第1次印刷
　　　　　2021年4月第2次印刷
书　　号：ISBN 978-7-221-14606-9
定　　价：42.80元